與魔族王子一起戀愛吧~
MO ZU
PRINCE
06 完
Episode

菲莉亞·羅格朗
COUNTRY GIRL
個性害羞、懦弱、膽怯，然而一進入戰鬥狀態即所向披靡，幾乎無人能敵。連番經歷後，終與歐文兩情相悅。
歐文·黑迪斯
MOZU PRINCE
人類勇者學校畢業，現為新任魔王，汲汲營營締造兩族和平。感情方面多愁善感，最近正努力坦率起來，卻發現自己對菲莉亞越來越渴望。

卡斯爾·約克森 LEGENDARY BRAVE'S SON

曾殺死魔王的傳奇勇者的兒子。長相出眾、個性友善，任何方面都近乎完美的天才，是勇者的標竿，人族的希望。欣賞歐文，暗戀菲莉亞。

瑪格麗特·威廉森 MISSY

擁有絕美容貌與高超劍術，被國人譽為「王國之花」，是菲莉亞的摯友，長年暗戀著菲莉亞的哥哥。面對感情積極勇敢，但天生傲嬌的性格總在壞事。

艾爾西 ELF

金髮藍眼的大帥哥。小時候像可愛的女孩，成年後為精靈族中的異類。他向母樹許願成為充滿男子氣概、高大健壯的男人，想以此身呵護全天下的女性。

羅德里克·羅格朗 PHILA'S FATHER

菲莉亞的父親，王國之心的大商人，以重現和販售幾近失傳的矮人族機械為主。結束不順遂的婚姻後，最近開始與前妻重修舊好。

安娜貝爾·瓊斯 PHILA'S MOTHER

菲莉亞的母親，與丈夫羅格朗先生離婚後，下定決心展開新的人生。戰鬥才能被挖掘出來，進入了皇家護衛隊，事業蒸蒸日上。與前夫二次戀愛中。

馬丁·羅格朗 PHILA'S BROTHER

菲莉亞的哥哥，專注於矮人族機械的技術研發，在尚武的海波里恩王國裡，屬罕見的草食系男人。對感情遲鈍到極點，最近終於發現對瑪格麗特有感覺。

理查·懷特 PRINCE

帝國勇者學校畢業。海波里恩王國的三王子，在民間的人氣極高。性格頗為自戀。喜歡瑪格麗特。

迪恩·尼森 SON OF THE BRAVE

海波里恩王國的名門望族，大勇者之子，歐文的多年室友，與奧利弗是最佳損友。性格有點紈褲，想到什麼就做什麼。

尤萊亞·科克蘭 MAGICIAN

王城勇者學校畢業。有四分之一魔族血統的冰系魔法師，身材瘦長。因擁有明顯的魔族外貌特徵，在首都的求職之路很不順遂。

Contents

第一章 婚禮之前的準備

這一天，從工作室回來後，馬丁幾乎輾轉反側了一個晚上，他的腦內被瑪格麗特的模樣死死占據著，那張美麗的面容令他徹夜難眠。

終於，馬丁還是決定去和菲莉亞談談關於瑪格麗特的事。

他和菲莉亞是感情很好又互相信任的兄妹，而且菲莉亞是馬丁認識的人裡唯一一個和瑪格麗特十分熟悉的，所以聯繫菲莉亞似乎是最好的選擇。

只不過，還有一個問題——

菲莉亞正在艾斯準備婚禮，而海波里恩和艾斯之間的郵政通路還沒有建好，目前只能由菲莉亞單方面聯繫家人，馬丁幾乎沒有任何方式可以和她聯絡。

於是，他只好先回去告訴母親，他想要和菲莉亞取得聯繫，如果菲莉亞回家的話，請將這件事告訴她。

安娜貝爾雖然覺得有些奇怪，但並沒有多問，只是點了點頭。

不過，等馬丁真正見到菲莉亞，已經是一週之後的事了。

▶◇◀◎▶◇◀

菲莉亞這段時間的確比較忙碌，也比較疲憊，白天有很多關於婚禮的事情需要準備，晚上……呃，要應付歐文。

她睡眠時間不足，加上在忙的事情她其實並不是很明白，許多方面都需要靠別人詳細解釋和靠自己摸索，於是菲莉亞過得比在滿大陸跑來跑去做任務還要累。而且就算歐文搞定了結婚的事，仍然有許多保守的魔族大臣對她的人類身分不滿，常常挑刺，似乎以為增加障礙就能讓他們自己放棄。

這種情況一般讓歐文碰上，他就會用他對著人族國王在瞎扯時的那種陰森森笑容看著對方不說話。魔王在艾斯基本上對其他魔族都是實力碾壓，別的魔族感覺到他在空氣中洶湧波動的魔力之後，一般就不敢繼續反抗了。

菲莉亞倒也覺得暴力鎮壓這招簡單輕鬆又好用，但……她總不能一言不合就舉起巨劍對著魔族大臣來一下吧。QAQ

最後菲莉亞只好當著大臣的面捏碎了幾塊磚。

總之，她過得還是挺有壓力的。

這次菲莉亞總算得到一個三天左右的假期能回家看看家人，放鬆一下心情。聽說哥哥有事情想找她，她還有點小開心，要知道從小基本上都是馬丁在照顧她，她能幫得上忙的地方很少。

坐在羅格朗先生精心布置的客廳裡，菲莉亞期待的問：「哥哥，你找我有什麼事嗎？」

儘管如今菲莉亞代表的身分已經讓馬丁不敢再輕易摸妹妹的頭了，但看到菲莉亞看上去依然健康精神的樣子，馬丁還是覺得很高興，不知不覺放鬆下來，嘴角也掛起一點笑容。要是讓他的同事看到的話，應該會對馬丁露出的笑容感到驚訝，因為自從他變得經常性發呆以後，就很少這麼輕鬆的笑了。

「抱歉，明明知道妳最近很忙，還突然讓妳過來。」馬丁微笑著輕聲道。他並不準備將自己對瑪格麗特踰越的念頭告訴菲莉亞，因為那無疑會讓自己善良的妹妹為難。

頓了頓，馬丁只說：「是這樣的，我想問問妳關於瑪格麗特的事……」

聽到哥哥竟然主動提起瑪格麗特，菲莉亞精神一振，連忙湊上前去準備好好聽他說話。

「瑪格麗特她……」馬丁的語氣聽起來十分猶豫，「在王城這裡，很受歡迎嗎？」

菲莉亞一愣，沒想到哥哥竟然問出這樣一個沒有必要問的問題，她古怪的點了點頭，答道：「當然，瑪格麗特很漂亮嘛。不只是在王城，至少整個王國之心都……」

在整個王國之心，瑪格麗特都是受歡迎度最高的年輕貴族。王國之心的其他地區可能資訊會落後一些，不過在西方高原的時候，瑪格麗特都有被認出來的經歷。菲莉亞還以為至少這些哥哥是知道的呢。

「不、不是——」馬丁也意識到自己話裡有歧義，沒有表達清楚，臉頰微紅，趕緊糾正道：「我的意思是，瑪格麗特會一直受到廣泛討論，而且經常被報紙關注嗎？」

馬丁此前就知道瑪格麗特是王城的玫瑰，但他一直認為這只是在菲莉亞那群與她有接觸的學生之間特別有名而已。因此，之前他從中年同事的口中聽到瑪格麗特的名字，並且從報紙上看到瑪格麗特時，其實是相當吃驚。

想了想，馬丁又補充道：「先前……我在報紙上看到她，所以……」

菲莉亞覺得哥哥今天的表情神態不太自然，但她還是答道：「唔，這個我也不太清楚，不過跟她在一起的時候的確碰到過像是記者的人偷偷跟著，一般都會被瑪格麗特教訓，次數也不多，所以……」她就沒怎麼往心裡想去。

菲莉亞也不是那種常常看報紙的人，她畢業後的大部分時間都外出工作，對王國之心這裡的事關注並不多。

稍微停頓了一下，菲莉亞繼續說：「不過，瑪格麗特在勇者中非常受歡迎，應該比在一般人群中還要受歡迎得多，她在行業裡很有名的。」

馬丁又問：「那她……除了妳之外，還有什麼朋友嗎？」

「溫妮？」菲莉亞不確定的說。

溫妮在畢業後去了跟大小姐不同的勇者團隊，也不再繼續當瑪格麗特家的女僕了，目前發展得很好。當然，如果碰面的話，溫妮還是很關心瑪格麗特，只是相處時間畢竟少了，而且身分關係也和原來不同，漸漸疏遠是無法逆轉的必然趨勢。

忽然，菲莉亞腦內靈光一閃，「瑪格麗特不太喜歡說話，所以除了我、溫妮和哥哥你之外，她並沒有關係特別好的人。就連卡斯爾學長也只是能交流的一般朋友而已。」

因為學生時代認錯人的黑歷史，瑪格麗特雖然信任卡斯爾，卻始終對他感到有點尷尬微妙，並不十分親近。另外，對於艾爾西、尤萊亞這些團隊成員，瑪格麗特和他們之間存在默契，但不會和他們說自己的秘密或者聊心事。

聽到菲莉亞將他歸入「和瑪格麗特關係特別好」的一類人之中，馬丁明顯一愣，「……我嗎？」

遲疑片刻，他無奈的笑道：「妳這樣說……瑪格麗特或許會感到有些困擾吧。」

還有……

會讓他增加一些無謂的希望。

「怎麼會！」菲莉亞著急的說：「瑪格麗特絕對不會困擾的！」

偷偷暗戀了哥哥這麼多年，毫無疑問的，只要是和馬丁的任何進展，都能讓瑪格麗特偷偷高興好幾個晚上。在感情的問題上，這個貴族出身的女劍士簡直生澀得像是一名再普通不過的少女。

不過，菲莉亞很快意識到自己的態度太過激動急切，說不定會不小心暴露瑪格麗特的秘密，她停頓幾秒，定了定神，重新試探的問道：「那個……哥哥，你對瑪格麗特難道沒有一點好感嗎？」

菲莉亞這麼問，純粹只是想要替瑪格麗特打探一下情況，並沒有想太多，但這個問題卻戳中了馬丁最心虛的部分，讓他一陣驚慌，甚至有一瞬間以為菲莉亞已經看穿自己的想法。

幸好馬丁是個成熟的人，他能夠掩飾好自己的感情。於是，他緩緩問道：「妳……怎麼會這麼問？」

「呃……那個……」菲莉亞知道自己不能把好朋友的心事洩露出來，對哥哥也不行，於是趕緊編出理由說：「那個……瑪格麗特不是很漂亮嗎？我認識的男性幾乎都對她有好感，但實際上瑪格麗特主動接觸最多的男性，就是哥哥了吧？」

——原來是這樣。

馬丁鬆了口氣，對著菲莉亞淺淺笑了起來。他猶豫了一瞬，還是伸出手將未來魔后的頭髮揉得亂了幾分。

菲莉亞頭頂的頭髮翹起，她一臉疑惑的仰頭看著他。這個模樣讓馬丁想起她還是個小不點、搖搖晃晃跟在自己身後喊哥哥的時候。

馬丁的心不禁變得十分柔軟。

「她來找我只不過是因為……」馬丁回憶了一下瑪格麗特告訴他的理由，「有朋友住在我公寓附近，她去拜訪對方，來早的話，就會進來坐一會兒而已。」

菲莉亞：Σ(っ゜Д゜;)っ

聽到這個果然很瑪格麗特的藉口，菲莉亞的內心是崩潰的。

若是她洩密的話，瑪格麗特肯定會生氣，但她真的好想用力搖晃自家這位腦子似乎少了根筋的哥哥、把真相說出來。

瑪格麗特絕對是特意過去找哥哥的！

不僅如此，她說不定還為每一次的拜訪都準備了好幾個星期——摸準馬丁在家的時間、找魔法師預測當天的天氣、提前想好可以聊的話題、準備好足夠驚豔又不刻意的衣服，說不定還要再努力克服心理障礙……

瑪格麗特對馬丁的行蹤和生活習慣或許比他自己本人還要更清楚，雖然這件事在菲莉亞看來好像奇怪了點，但……

——哥哥未免太遲鈍了吧，以前怎麼沒看出來他反應這麼慢？_(:3」∠)_

見菲莉亞盯著自己不說話，馬丁還以為她是一時說不下去了，笑了笑，體貼的換了個菲莉亞肯定會喜歡的話題，開口道：「謝謝妳，菲莉亞，我想知道的已經足夠了。我們還是來談談妳的事吧。婚禮準備得怎麼樣了？」

良久，兩人終於聊完想聊的事，馬丁告辭離開。

聽到大門關上的聲音，離客廳最近的書房的門把轉了轉，瑪格麗特從裡頭走了出來。

菲莉亞嘆了口氣，為難的抬頭說：「……抱歉，瑪格麗特。」

「沒事。」瑪格麗特搖了搖頭。

由於視力不好的關係，瑪格麗特的聽覺被鍛鍊得相當敏銳，剛才菲莉亞和馬丁在客廳裡的對話，她聽得很清楚。

儘管早就知道對方對自己恐怕沒有什麼特別的感覺，但瑪格麗特還是忍不住感到失望。為什麼呢？為什麼她的努力總是不奏效呢？好像不管她怎麼樣努力往前跑，都永遠看不到她想得到的那個人。

菲莉亞這次從艾斯回來，除了有些思鄉想見到家人外，主要還是回來找伴娘的。

按照習俗，不管是艾斯還是海波里恩，伴娘一般都是由新娘的未婚姐妹或者親近的未婚朋友來擔任，而對於沒有親姐妹的菲莉亞來說，她伴娘的第一人選毫無疑問是瑪格麗特——瑪格麗特不僅是她最要好的朋友，也是至今為止聯繫還算比較密切的唯一一個朋友。

然而，瑪格麗特不是很喜歡太過拋頭露面的場合，所以菲莉亞也不是很確定她會不會答應，如果瑪格麗特拒絕的話，那……

她就只好拜託城堡裡的女僕當伴娘了。QAQ

瑪格麗特之所以會出現在這裡，就是為了伴娘這件事。當然，她的確也是在聽說馬丁會來拜訪後，才刻意挑了同樣的時間，意圖製造偶遇的機會。結果……還沒等她做好出來打招呼的準備，就聽到馬丁提起了她的名字。

「想問問關於瑪格麗特的事。」

這句話幾乎讓瑪格麗特的心臟驟停，還沒等她意識到發生了什麼，她已經不知不覺躲在書房裡偷聽了。

此時，見菲莉亞擔憂的望著自己，瑪格麗特點了點頭，示意自己沒事。她早就習慣了長久的追逐和等待，不差這麼一天、兩天的。

下一次再拜訪的時候，就鼓起勇氣對馬丁說自己是特地去找他的好了。

定了定神，瑪格麗特看向菲莉亞，道：「……我同意。」

「什麼？」菲莉亞一愣，沒有立刻理解瑪格麗特很跳躍的想法。

瑪格麗特淡淡的解釋：「伴娘的事，我同意。」

▶◇◀◎▶◇◀

菲莉亞短暫的假期很快就結束了，既然瑪格麗特答應當她的伴娘，菲莉亞相當興奮的將她接到艾斯的城堡，以便讓瑪格麗特提前瞭解婚禮的流程，當然還有提建議。

同時，先前在各處遊歷的婚紗設計師也終於歸來，菲莉亞找時間特地和她見了面。

不得不說，這位設計師的確是個……呃，相當潮流時尚的魔族，對藝術有很多獨到的見解。比方說她挑染了自己的黑髮，並將它們編成很多小辮子；另外，她還不知道用了什麼手段在眼睛裡面保存了兩個魔法陣，一閃一閃的，弄得菲莉亞每次和她對視都莫名心慌。

設計師本人倒是相當活潑開朗和自來熟，第一次看見菲莉亞就把她從頭到腳摸了個遍，超級開心的高呼「天吶真的是人類」、「好有趣啊，人類的女孩子」、「啊，我的腦子裡全部都是靈感啦」……

雖然菲莉亞信任歐文家人的品味，但她真的好擔心呀。

據說這位設計師還是歐文母親的好朋友，最推心置腹的那一種。她的年齡比魔后小不了多少，行為舉止卻仍然相當青春，這使她乍一看比實際上要年輕得多。

不過說到不符合年齡的相貌，在菲莉亞看來最誇張的還是德尼祭司，據歐文說她現在已經比過去顯老很多了，像德尼祭司那樣不嫌麻煩隨時隨地都要用魔力來維持年輕相貌的魔族還是很少見的。

今天，菲莉亞的計畫是去看婚紗，當然瑪格麗特也一起來看看。

那位設計師女士說婚紗已經差不多完成了，讓菲莉亞過去試穿一下，原話是：「要是哪裡不合身的話，我可以再改改，唔……雖然我覺得不可能有不合適的地方啦。」

這段時間菲莉亞基本上已經充分見識到魔族用魔法來生活的很多便捷處，但她依然時時會為他們的效率感到吃驚，比方說婚紗。換作人類的手工藝人的話，製作起碼需要好幾個月的時間，速度絕對沒有那麼快。

歐文說過生活魔法的效率跟魔族的魔力天賦有關係，若不是本身實力強大的魔族，是做不到像設計師女士這樣的速度。菲莉亞不禁想，難道說，前魔后大人的朋友要是不選擇從事設計業，而是選擇去戰鬥的話，會變成一個很恐怖的傢伙嗎？

不過，現在的設計師女士倒完全看不出是那麼強大的魔族。

菲莉亞拉著瑪格麗特抵達的時候，設計師女士正低著頭縫著些什麼，一邊縫、一邊晃著腦袋哼歌，相當愜意的樣子。聽到開門的聲音，她轉過頭，看到菲莉亞和瑪格麗特進來，立刻眼前一亮！

「妳終於來了！我未來的小魔后……啊，還有一個可愛的人類朋友！」她用又誇張又喜悅的語氣說道，顯得相當熱情激動，「妳等等，妳比我預定的時間早了幾分鐘，我去讓助手把婚服拿過來。」

說著，她讓自己的兩個助手兼學徒去拿婚紗。那兩個助手是年輕的魔族女孩，還沒有見過菲莉亞，菲莉亞注意到她們恭順的答應設計師女士後，仍在偷偷打量自己。

然後，等她們關門出去，走廊裡馬上傳來興奮的交談聲。

「啊！是人類！真的是人類！」

「好可愛啊，兩個人都像洋娃娃一樣！人類的女孩子都是這麼嬌小的嗎？」

「應該是吧！妳看到她們兩個的頭髮了嗎？天吶！一個棕色，一個紅色！聽說人類還會長出別的顏色來呢！妳說會有綠色的嗎？」

「還有眼睛的顏色也好特別！未來魔后的眼睛和髮色是一樣的，但另一個女孩的眼睛是藍的呢！藍的！她們是怎麼長成這樣的？」

「啊，我真的好想養一個人類啊，她們好有藝術感。妳說冰城黑市裡買得到嗎？」

「魔族小孩的話據說是買得到，人類就不清楚了。不過，我們去那種地方，老師肯定會生氣的啦！妳不如找個人類結婚，然後生個混血兒來養啊……」

女孩們的聲音越來越遠，漸漸聽不到了。然而菲莉亞腦袋裡還迴盪著「黑市」這個名詞，感覺有點懵。

看來是時候找歐文談談城裡治安的問題了。

瑪格麗特的聽力比菲莉亞好，聽的時間更久更清楚，菲莉亞看到她不滿的皺了皺眉頭，看上去不大高興的樣子。

也不知道設計師女士站得離門遠不遠，聽不聽得見，但她顯然沒有在意。設計師女士只是興致盎然的打量著菲莉亞和瑪格麗特，順便詢問瑪格麗特想不想來一套訂製的伴娘服，以及菲莉亞除了婚紗外，需不需要春夏秋冬的常服和禮服……

「我還是第一次為人類設計衣服呢。」她心情很好的說著，「這麼小巧的成年魔……成年人類服裝，設計起來挺有意思的，而且妳們的外貌給了我很多靈感。」

過了不久，兩個助手回來了。她們一個人捧著盒子，另一個人用魔法操縱著什麼。

菲莉亞順著她操縱魔法的方向望過去，她看到一個套著露出頭的防塵罩的木頭模特兒自己蹦蹦跳跳跑進來了。

菲莉亞：……=□=

瑪格麗特：「記一下吧，妳哥哥和爸爸應該會對那個有興趣。」

只有人形沒有五官的木頭模特兒連蹦帶跳的進了試衣間，設計師女士親切道：「妳也進去吧，一些自己無法處理的地方，模特兒會幫妳的。」

另一個助手打開盒子，解釋道：「這裡是鞋子，還有頭紗和幾樣飾品，怕弄壞就沒有讓模特兒穿……唔，這個模特兒好像太活潑積極了一點。不過沒關係，它脫衣服的技術一向是最好的！不管是自己脫還是幫別人脫，都特別快！」

聽到這種說法，菲莉亞更不想進試衣間了。ORZ

然而她還是得去試穿婚紗。

果然，剛一進試衣間，木頭模特兒就積極的要幫她脫衣服，菲莉亞嚇得連忙擺手，「不不不，我自己來就行了。」

菲莉亞剛開口還有些忐忑，畢竟不知道這些魔法控制的模特兒能不能聽懂她說話，幸好模特兒似乎是聽懂了，它歪了歪頭，乖巧自覺的背對菲莉亞。它肢體僵硬的頓了幾秒，接著摘下防塵罩，要將自己身上的婚紗脫下來。

這時，菲莉亞才第一次看見了自己的婚紗。

望著模特兒身上那件應該是屬於她的衣服，菲莉亞不禁愣了愣。

等菲莉亞從試衣間走出來，已經是十幾分鐘後了。

「哦哦——」

兩個助手很給面子的為老師的作品鼓掌，並露出由衷讚嘆的表情。

菲莉亞有些臉紅，她在模特兒身上看到婚紗的時候的確覺得很漂亮，但卻不知道自己穿上後的情況。她詢問性的看向瑪格麗特，瑪格麗特卻只是看著她發呆，過了好久才回過神，並略略點了一下頭。

設計師女士顯然對大家的反應非常滿意，嘴角的弧度得意的抬高了幾分，但卻為了避開自誇自賣的嫌疑，並沒有直接讚美菲莉亞，只是問道：「怎麼樣？有覺得不合身的地方嗎？對了，模特兒幫妳穿衣服的時候，有讓妳不舒服嗎？」

菲莉亞連忙搖頭。

衣服果然相當合身，和身體貼合得恰到好處。

而且那個木頭模特兒乍看起來缺乏嚴肅感，但在幫菲莉亞穿衣服時卻意外的相當細心。它認認真真的幫菲莉亞打上所有的蝴蝶結，還幫她整理裙襬和緞帶；中途模特兒出去幫菲莉亞拿來了鞋子和頭紗，全部打點好後，它看起來比菲莉亞還高興，興高采烈的將她拉到外面來展示，菲莉亞彷彿能看到它頭上飛出來的小花。

不過，現在到了設計師女士檢查成果的時候，木頭模特兒就變得安靜多了。它一直乖巧的站在一旁，沒有亂動。不知怎的，菲莉亞覺得它似乎也有點忐忑的樣子。

想了想，菲莉亞補充的讚美道：「模特兒它做得很好。」

聽到她的話，木頭模特兒將臉朝向菲莉亞，似是呆愣了一會兒，這才感謝的朝她鞠了個躬，看上去很高興的樣子。

設計師女士並沒有說什麼，瞭解完基本情況之後，就瞇起眼睛打量著菲莉亞，並且時不時讓她轉個身。菲莉亞的注意力重新回到婚紗身上，她有些緊張，嚥了口口水，任憑設計師檢驗。

「唔……這裡還要再調整一下。」良久後，設計師女士蹲下來在菲莉亞的腰間做了個標記，這才滿意的站起來說：「唔……我忽然又有一點新的想法，得拿回去修改，到時候再讓妳試試。不過，整體而言很不錯，跟我想像的差不多。真遺憾塞莉斯廷不在這裡，她要是在的話……」

猛地聽到設計師女士提起歐文母親的名字，菲莉亞還一下子沒有反應過來，因為大家一般都稱她為「魔后」或「前魔后」，能直呼她「塞莉斯廷」的人實在不多。

不過，設計師女士稍微停頓了一會兒，就改了口：「算了，那傢伙還是別在吧。要是看見的話，她不會放過妳的。」

菲莉亞：……？？？

又檢查了菲莉亞幾分鐘，設計師女士這才想起來菲莉亞一直被她們端詳，卻還沒有好好看過自己現在的模樣，於是一把將她推到鏡子前面，問：「妳自己看看，有什麼不滿意的地方嗎？要是要求合理，我可以修改。」

終於，菲莉亞第一次看到自己穿婚紗的樣子。

魔族和人類的婚禮習俗其實大方向上是一樣的，只是宗教文化割裂的關係，細節上會有差別。這一次的婚禮並不準備完全按照人類或魔族任何一方的傳統來辦，而是決定採混搭的獨創新式婚禮。因此，設計師女士特地為菲莉亞設計的婚紗也和傳統婚禮的婚紗有所區別。

魔族婚禮的禮服不論男女，多半是黑色或灰色之類比較深的顏色，按照慣例會用魔法的光彩來點綴一些細節的部分，比如頭紗。人類的男式禮服和魔族差不了多少，只是更為寬鬆一些，外表類似魔法袍；女式禮服則以白色為主，儘管款式差不多，但顏色給人的觀感卻南轅北轍。

設計師女士兩邊都沒有完全採用，不過，為了突出菲莉亞的人類身分，她還是以白色為主要底色，腰帶、細帶、領子和部分蕾絲花邊都用深色，儘管是點綴，卻相當醒目，有種經典和時尚雜糅的感覺。

剛看到這套婚紗禮服時，菲莉亞便十分驚豔。

頭紗倒是純白的，而魔族喜歡的魔法光彩點綴幾乎全用在了上面，邊緣則用鮮花編了一圈花環。設計師女士說這個只是一時的代替品，等到正式婚禮的時候，會將上面的花全部都換成宮廷裡種植的月光玫瑰，這已經得到歐文的採摘許可了。

大概是因為頭紗相對來說比較華麗的關係，菲莉亞身上的其他飾品並不多，只有手上戴了白手套，脖子上還有一條心形的項鍊，再也沒有別的裝飾。

在菲莉亞看來，用這件婚紗在艾斯結婚可能會引起一些爭論。不過……她開始有些期待歐文看到她穿婚紗時的樣子了。

光是想而已，菲莉亞便已經有些臉紅。

打量自己良久，菲莉亞對著鏡子摸了摸項鍊，忽然道：「那個……」

「什麼？」

「這條項鍊可不可以……」

等菲莉亞從設計師女士那裡離開時，她的婚紗飾品已經換成了一條款式古典的紅寶石項鍊，這算是歐文送給她的第一件飾品，對菲莉亞來說意義很不一樣。

想要說服設計師女士，她不得不費了些唇舌，這對並不善於言辭的菲莉亞來說，其實並不是很容易。幸好設計師女士是個比預料中好說話的人，她雖然覺得將項鍊換成紅寶石會微妙的破壞她原本嵌在婚紗中的平衡感，但看著菲莉亞從口袋裡拿出項鍊，並表示它很像魔族的眼睛之後，設計師女士覺得自己又有了新的靈感，要修改一下禮服的細節，讓菲莉亞過幾天再來試穿。

菲莉亞和瑪格麗特一起走出暫時安排給設計師女士的工作室，等周圍沒有陌生魔族了，瑪格麗特才開口道：「……妳很漂亮……那個，穿禮服的時候。」

從瑪格麗特這麼美貌的朋友口中聽到對自己容貌的讚美，菲莉亞先是愣神，接著臉上又微微泛出紅暈，不太自然的說：「謝、謝謝。」

停了幾秒，菲莉亞笑道：「還有，今天謝謝妳願意陪我來看禮服。」

瑪格麗特不喜歡陌生的環境，更別提周圍還都是不認識的魔族。儘管在同學會以後，瑪格麗特對魔族幾乎沒有惡意和偏見了，也知道城堡裡的魔族不會傷害她們，但是由於慣性和天生的敏感，瑪格麗特仍然會在周圍有魔族時保持高度警惕，並且更寡言少語。

瑪格麗特願意克服這些過來陪她試穿婚紗，菲莉亞覺得相當感激。

不過，聽到她的道謝，瑪格麗特神情反而不自然起來，不好意思的移開視線。

「……沒什麼，只是小事。」瑪格麗特僵硬道。

早已對瑪格麗特的性格相當熟悉，菲莉亞不禁笑了笑。

她抬頭看了看天空，艾斯早早就結束了白天，迎來黑夜——明亮的星星和皎白的月亮一起為大地提供微弱的光源，在艾斯這是最正常不過的景象。

這裡是歐文出生的地方，也是她以後即將留下來的地方。

聽設計師女士說，相較於她的婚紗，歐文的正式禮服改動得不是特別大，採用了深色嚴肅的色調，應該還是符合大眾對魔王的印象。之後，她會考慮歐文的時間表，邀請他來試穿禮服。

真的要結婚了呢，菲莉亞有些恍惚。說起來……歐文現在在做什麼呢？

▶◇◀◎▶◇◀

歐文正在德尼祭司的房間裡。

他是專門挑菲莉亞去試婚紗的時間過來的，因為有一件事他已經拖了很久，今天必須要完成。而且在得到好消息前，他並不想告訴菲莉亞。

「德尼夫人。」歐文表情嚴肅，「有一件事，我希望妳能夠替我占卜一下。」

看歐文這麼認真，德尼祭司連忙正襟危坐，緊張了起來。

和前魔王那個笨蛋不一樣，歐文是個正經又可靠的孩子，德尼祭司對這個她看著長大的魔王還是相當有好感的，反正絕對高於對伊斯梅爾。儘管失憶之後，德尼祭司總是懷疑自己的占卜能力有所下降，可現實是目前在艾斯根本無法找到一個能和她的預言能力相抗衡的預言家，所以德尼祭司仍然是城堡裡最權威的預言者。

瞇了瞇眼睛，整理了占卜的桌面，德尼祭司問道：「什麼事？請說吧，陛下。」

她對歐文的態度比對伊斯梅爾要友好、禮貌得多。

歐文定了定神，認真道：「請妳告訴我，艾斯……會毀滅嗎？」

德尼祭司：……哈？

德尼祭司之前設想過魔王可能會問的問題，或許是和海波里恩的外交策略、明年國內幾個郡的商業航線布置，或者也有可能是歐文和這個年紀的其他新郎一樣，犯了婚前恐懼症，所以來靠占卜尋找心靈落點。但……

艾斯毀滅？！

為什麼會毀滅？現在不是欣欣向榮、一片和諧嗎？

已經忘掉之前自己所有預言的德尼祭司呆了呆，腦內飛快閃過「難道歐文看起來這麼正經其實是個隱藏的中二病」之類的想法。

不過，由於是魔王的命令，她還是將手放在水晶球上，注入魔力。不久，她的眼前浮現出畫面。

時間一分一秒的過去，似乎已經過去了很久，久到歐文感覺自己的心臟都快要跳停了，德尼祭司才睜開眼睛。

「艾斯的未來看起來簡直不能更好了。」她奇怪的看著歐文，問道：「你怎麼會覺得它要毀滅？！」

看著德尼祭司用亂浪費她魔力的譴責目光盯著自己，歐文長長的鬆了口氣。

婚禮的日子一天天將近。

艾斯有三個月的極夜，就會有三個月的極晝，但由於長年信奉女神赫卡忒，差不多所有人都選擇性的忽視三個月的極晝，或者直接將它視作女神離開的「不祥的季節」。

以前各地教會都會在這段時間強行用魔法遮住太陽，營造天黑的景象，只不過由於各地魔法師的水準參差不齊的關係，他們製造出的黑暗品質和長度有了地域差異。後來教會逐漸沒落，教士的魔法水準也顯著下降，對這個魔法的運用能力無法和當年相比，甚至有個別教會為了偷懶，索性不再繼續遮蔽太陽了。

於是，艾斯的居民就自發組織了「保護艾斯文化傳統」的大型活動，這項活動取得的最終結果，就是當時的魔王宣布成立各地的「氣象調節會」，將魔力出眾、星象與氣象知識豐富的魔族公務員派遣到各地進行調節，需要調節的部分包括魔族民眾不喜的長時間極晝，還有極夜裡過低的氣溫和缺乏的光源等等。

按照魔族官方教科書的說明，這一舉動進一步削弱了教會在國內的影響力，成功解決了上一任暴君魔王遺留下來的人民對魔王不滿的問題，增加了魔王的威信，進一步擴大魔王的權力，使得君主世襲制度得以長久穩定的延續下來。

聽到這裡的時候，菲莉亞對艾斯竟然有這麼一段歷史極為驚奇，同時也不禁感慨，魔族能夠在這麼艱難的地方生活這麼久真是不容易啊！

之所以說起這個，是因為按照部分大臣的想法，魔王與人類魔后的婚禮應該在白天與黑夜交接的黃昏進行，而不是在魔族傳統的午夜。一來，人類的國王肯定不習慣在半夜摸黑參加婚禮，還有許多受到邀請的人類貴族也不會滿意，不利於外交；二來，選擇黃昏看上去也比較有深度的樣子……

這種事，歐文和菲莉亞都無所謂，聽憑大臣安排，他們只要能順利結婚就好了。

而得到魔王首肯後，大臣們就去聯繫氣象調節會，要求稍微改動一下當天黃昏發生的時間。這是菲莉亞第一次聽說魔族還有這種機構，所以很是吃驚，就多問了兩句。歐文之前沒有解釋，因為對魔族來說有個氣象調節會是最正常不過的事，在菲莉亞問起時，才詳細解釋了一下。

他們結婚的時期正值初秋，正好是艾斯的晝夜長短難得和海波里恩較接近的時期，只是白天稍長了幾個小時。按照大臣的說法，他們會讓氣象調節會把黃昏控制到正好六點鐘，歐文和菲莉亞走完傳統流程進行接吻的一剎那，會讓太陽的光完全消失，群星升起，而且為了觀禮的群眾，會將氣溫也調整到比較宜人的範圍。

在所有項目裡，調節氣溫據說是最簡單的，只需要將周圍的冰雪吸收掉或再噴出來一些就能做到了。

為了過程能盡善完美，菲莉亞和歐文都不得不抽出時間排演了兩、三次。雖然只是演練而已，但說那麼多遍結婚誓詞，菲莉亞還是有種她和歐文結婚了好幾次的錯覺……

一開始兩人都還有點害羞，尤其是他們在那裡含情脈脈唸誓詞的時候，一整排面色漆黑的大臣陰著臉、抱著手臂，緊盯著並且糾錯的場面實在不算很美好，氣氛詭異，尷尬無比。不過，最近一次演練時，菲莉亞已經對這種不浪漫的氛圍完全習慣了，能夠泰然自若的完成整套步驟。

技巧就是她的眼睛只要專注的看著歐文，無視其他人，這樣一來，世界彷彿只剩下他們兩個……她非常幸福，菲莉亞想。

▶◇◀◎▶◇◀

終於，好不容易，正式結婚的日子到來。

這一天，瑪格麗特專門提早過來陪伴菲莉亞，結果沒想到她抵達時，菲莉亞已經把衣服穿好，設計師女士正在親自為她化妝，兩個助手加一個木頭模特兒則在旁邊拚命賣力加油鼓掌。

瑪格麗特：「……」

菲莉亞熟悉瑪格麗特的腳步聲，但設計師女士的刷子正在她臉上刷來刷去，她不能回頭看，甚至不能笑，只能藉著鏡子的反光看向瑪格麗特。瑪格麗特也擺著一張常年面無表情的神情，兩人隔著鏡子對望頗有喜感。

很快，助手也注意到了瑪格麗特，熱情招呼道：「妳來啦！魔后還有一會兒才能弄好，妳要是覺得無聊的話，可以先到周圍去玩玩呀！不過別跑太遠，妳這麼小隻，萬一跑得太遠就找不到啦。」

瑪格麗特：「……」

瑪格麗特是相當高䠷的身材，在人類女孩中無論如何都算不上嬌小，被這麼自然的形容為「小隻」，對她來說大概是生平第一次。

可是眼前的幾個魔族女孩的確都比她高大……

瑪格麗特的心情頓時有些微妙。

「哦，對了！」助手想起什麼，又道：「妳認識魔后的哥哥嗎？今天是要由他牽著魔后送到禮堂去的，剛剛看到他在旁邊的房間裡等著，要是妳和他認識的話，可以過去聊……」

「嗯，我去隔壁。弄好了叫我。」瑪格麗特沒等她說完就果斷回道，毫不留戀這裡，轉身就走。

菲莉亞簡直哭笑不得。

其實按照人類這邊的傳統，應該是由父親牽著菲莉亞進去的。不過因為羅格朗先生不太想在這種場合拋頭露面，還怕自己臨場掉眼淚，且馬丁從小和菲莉亞感情比較好，又看上去想要送她走這一段路的樣子，所以才換成了馬丁。羅格朗先生和安娜貝爾都會坐在最前面的位子看著菲莉亞戴上戒指。

哦，他們旁邊還會坐著昨天才接到消息、匆忙趕回來並因此有些生氣的前魔后，以及從回來後哭到今天早上的前魔王。

瑪格麗特走後，助手的話其實還沒說完，只好轉向另一個助手，繼續道：「啊，說起來魔后的哥哥和魔后長得挺像的呢，但他的眼睛顏色更淺，真好看啊。我想要這種顏色眼睛的小孩，魔族的眼睛都是紅色的，無聊死了……」

頓了頓，助手轉向菲莉亞問：「對了，您的哥哥結婚了嗎？能借我一晚嗎？」

菲莉亞……Σ(っ°Д°;)っ

想到就是這位助手先前說要去黑市買人類來養，菲莉亞不禁感到一陣驚恐。

終於，菲莉亞被完全打點妥善，馬丁和瑪格麗特兩個人也都到她的房間來了，瑪格麗特雖然臉上沒什麼表情，但菲莉亞感覺到她心情似乎很不錯的樣子。

設計師女士重新從頭到腳端詳了煥然一新的菲莉亞，點頭道：「不錯，那接下來我就要去特等席在塞莉斯廷旁邊觀看我的新時裝秀了。唔，還有，新婚快樂。」

這時，木頭模特兒發現了菲莉亞的裙角有一處不夠整齊，便蹲下來整理她的裙襬。

看到正在做動作的模特兒，在一旁的助手忽然想起什麼，道歉道：「抱歉，魔后大人，今天本來想換最沉穩的模特兒，但是這孩子好像特別喜歡您，說什麼也要過來，偷偷縮成一團藏在了我們馬車的座位底下……所以，只好帶它來了。」

「沒關係。」聽到這些描述，菲莉亞反而覺得這個木頭模特兒很可愛，和善笑道：「我也很喜歡它。」

菲莉亞的誇獎成功的讓木頭模特兒變得極為高興，它在原地手舞足蹈的想表達心情。

過了一會兒，木頭模特兒理好裙襬站起來。見菲莉亞整裝完畢，瑪格麗特自覺的站到她的側後方，準備跟在那裡。

馬丁牽住菲莉亞的手，淺笑道：「走吧，菲莉亞。」

不知道怎麼回事，看著哥哥熟悉的笑容，菲莉亞忽然眼眶微熱。良久之後，她才用力點了點頭。

第二章 從今以後就是正式的妻子

走過一段長長的走廊，菲莉亞挽著馬丁的手臂進入禮堂。

禮堂的音樂早已奏響，兄妹倆穿過鮮花點綴的花門，在兩大排賓客的注視之下，馬丁將心愛的妹妹交到了歐文手上。

穿著正式禮服的歐文看到捧著花的菲莉亞時，他的瞳孔微微一縮，接著不太自然的移開目光，幾秒後，又不捨的移了回來。

菲莉亞有些臉紅，不過，幸好有妝容遮擋，不太看得出來。她握著歐文的手，輕輕低下了頭。

畢竟是正式婚禮，哪怕早已演練過許多次，菲莉亞仍是比之前都要來得緊張——從今以後，她就真的是魔王的王后、歐文的妻子了。

儘管早就期待著這一天，但真正來臨時，菲莉亞竟然感到十分的不真實。

歐文今天異常的英俊，同樣由設計師女士苦心研究設計的禮服，襯得他分外挺拔。魔族本來就身形高大，在人類中都算不上高眺的菲莉亞，即使踩著高跟鞋站在他身邊，仍然要差上一大截。

菲莉亞感到自己的心跳極為激烈，心臟咚咚咚不停敲著胸口，好像要把一年份的躍動一口氣跳完似的。

「……妳今天很漂亮。」

忽然，她聽到歐文用很輕的聲音說道。

魔王的婚禮是格外莊重的，本來他們除了做出婚姻的承諾和宣誓外，就不該再有別的話才對，因此菲莉亞忍不住抬頭看了他一眼，只見歐文一接觸到她的視線，便不太好意思的躲閃開來。

不知道為什麼，看到他這個反應，菲莉亞有點想笑。

「你也是……很、很英俊。」她小聲回答道。

歐文握著她的手緊了緊，這讓菲莉亞明白他聽到了她呢喃一樣的話。菲莉亞的嘴角稍稍上揚了一點。

主婚人明顯注意到了他們的小動作，不輕不重的掃視他們，卻沒有揭穿，繼續將結婚詞往下唸了下去。

婚禮極為順利，一切都符合預期。

兩人宣誓完畢後，象徵著誓言的婚戒順著菲莉亞的無名指被緩緩推下，一路推到最底，與手指的末端嚴絲合縫的緊緊相扣。歐文彎下腰，菲莉亞稍稍踮起腳尖，在最後一絲落日的餘暉下，兩人的嘴唇輕輕相觸。

在這麼多人面前接吻，就算只有一瞬間，菲莉亞仍然覺得有些窘迫。幸好落霞掩飾了她泛紅的雙頰，緊隨而來的黑暗則彷彿為他們降下了一層輕紗。

觀禮的座位上傳來掌聲。

安娜貝爾輕輕擦了擦眼角的眼淚，塞莉斯廷和設計師女士小聲交談著什麼，表情看起來很欣慰。前魔王伊斯梅爾在座位上扯著好幾條手絹哭得稀里嘩啦的，他旁邊的羅格朗先生原本眼角也帶著淚意，但是因為前任魔王哭得實在太傷心，且前魔王懷裡的鐵餅哭得比他更淒慘，羅格朗先生反而哭不出來，變成哭笑不得了。

「嚶嚶嚶，兒子終於長大了，我好感動、好開心啊！」伊斯梅爾哭道，「歐文終於也結婚了，雖然他昨天才通知我……你說是不是啊，餅……雖然他昨天才通知我……」

鐵餅也嚶嚶嚶的哭著，一邊從魔王手裡揪手絹來用，一邊道：「是啊，魔法師少爺和主人結婚了，我也好開心啊，嚶嚶嚶……」

冗長的儀式終於結束，接下來就是婚禮之後的宴會。

菲莉亞總覺得自從來了艾斯後就不停的在參加各種各樣的宴會，已經稍微有些厭倦了。尤其是總覺得接下來自己要面對的是作為新婚夫妻中的一員而被無盡的調侃。_(:3」∠)_

這場婚禮邀請了很多的人族和魔族，而且包括不少雙方的貴族和重臣，算是相當重要的外交場合。但畢竟它仍是個婚禮，所以菲莉亞和歐文的朋友也來得頗多。歐文在海波里恩度過了他的大半童年和少年時期，他的朋友大部分都是人類。

見儀式結束，得到示意後，大家都開始陸陸續續往大廳走。

菲莉亞感到歐文輕輕握住了她的手，她抬起頭就看見在剛剛成為自己丈夫的魔族男性在黑暗中似乎會發光的紅色眼睛。

菲莉亞忽然感到一種難以言喻的幸福感灌滿了全身。

歐文抓緊了菲莉亞的手。儘管這是一場表面形式多過內涵意義的婚禮，但他還是難以按捺住自己內心的雀躍——菲莉亞終於成為他的妻子！光是「妻子」這兩個字就足以讓歐文熱血沸騰，好像在心臟裡點了火。

更何況……菲莉亞今天還特別漂亮。

歐文發現總有事情能讓他刷新「菲莉亞竟然還能變得更可愛」的認知。

不行，如果被菲莉亞看出他為她神魂顛倒，好像就不太帥了，歐文摸了摸鼻子，窘迫的移開視線，希望盡量不要讓自己不自然的表情露出來。

「走吧。」他說。

「嗯！」菲莉亞甜美幸福的笑了起來，點了點頭。

▶◇◀◎▶◇◀

穿過特意裝點過的花園，進入宴會廳，菲莉亞的視線從只有月光玫瑰點綴的黑暗一下子進入明亮炫目的光芒，她稍稍適應了一下才習慣過來。

剛才和歐文從禮堂回來時，菲莉亞中途回房間卸下了頭紗。

她現在只穿著婚紗，這樣看起來還是新娘的樣子，但卻沒那麼隆重，行動起來也方便了很多。

由於遲了一些的關係，宴會已經開始了，賓客們各自組成幾塊小圈圈，在大廳裡隨意的交談著。菲莉亞觀察了一下周遭，大量衣著華麗的人類和魔族混雜在一起，這個場面她還是第一次見到，不得不說看上去相當怪異。

當然，大部分還是人類和人類說話，魔族和魔族說話，即使散在同一個場所之中還是涇渭分明，大概大家一時還無法那麼快適應吧。

也當然，有那麼幾個不管在什麼情況下，依舊無視氣氛、我行我素的傢伙。

比如迪恩．尼森。

迪恩是作為海波里恩駐艾斯友好大使出現在這裡的。此時，他正超開心的拉著那個他求婚失敗的圓臉女僕到處吃東西。女僕今天是作為他的女伴而來，所以沒有穿工作服，而是穿著普通的禮服，她的頭髮盤起，看起來清爽可愛，被迪恩拉著跑來跑去也不生氣，反而一直笑咪咪的。

此外，同樣讀不懂空氣的傢伙，還有正熱淚盈眶握著約克森先生的手，不知道激動的在說些什麼的退休大魔王伊斯梅爾。

在目睹這個可怕場景的一剎那，菲莉亞頓時感覺那邊的氣氛是所有地方最詭異的，然後又不禁想起卡斯爾的父親是現在唯一在世的傳奇勇者……

約克森先生因為和魔族的關係比較敏感，本來是不想參加這種場合的，但歐文一再向菲莉亞說「絕對沒有關係」，而且寄了好幾次邀請函給約克森先生和卡斯爾學長，他們才終於決定過來。

可是歐文不介意，不代表歐文的父親不介意啊！菲莉亞心裡不禁咯登一下，連忙快步走過去。

隨著她離那個位置越來越近，伊斯梅爾的聲音終於清晰起來，只聽前魔王激動道——

「啊！時隔多年，我終於重新見到你了！你真是我們艾斯的英雄啊！」

約克森先生一臉錯愕。

「你可能不記得我了。」伊斯梅爾感傷的說，「當年你從後門溜進來時，還是我幫你偷偷開的門。之後，我還寫了二十多封感謝信給你……」

聽到這裡，約克森先生稍微有點想起來了。

他當年去殺魔王時，確實有一個魔族少年替他開了門。那個魔族男孩長得很瘦，似乎有些營養不良，一雙紅眼卻相當清澈明亮，在當時烏煙瘴氣的魔王城堡裡，那雙眼睛令他印象深刻。不過他當時以為那大概是城堡裡的小僕人什麼的，畢竟對方衣衫襤褸，一頭黑色長髮一看就沒怎麼打理過……

沒想到那個落魄的少年竟然是後來即位的年輕魔王，約克森先生忽然有點懷疑人生。

二十多封感謝信他倒是記得的，畢竟就算他是傳奇勇者，也很少有人一口氣寫那麼多封感謝信給他。在紛飛而來的信件裡，有很多並不是想要單純的表達感謝，而是為了一己私利想拜他為師或者請他傳授殺死魔王的秘技，甚至還有希望他替他們復仇。在這種狀況下，如此言辭懇切、感情真摯的信實在少見，約克森先生自然留下深刻的印象，他還記得當時自己很感動的……

但萬萬沒想到寄感謝信的竟然是魔王！他更加懷疑人生了。

然而，伊斯梅爾完全沒有察覺到約克森先生微妙的態度，越發熱情的死死握住他的手，感謝道：「你真是為魔除害的英雄啊！！我們全國上下都特別感謝你！！！」

不知道為什麼，看著眼前剛剛退休的魔王一臉純真可愛的「╰(*°▽°*)╯」的表情，約克森先生忽然感到一股寒意席捲全身。

仔細想想，當初替自己開門的時候，這個少年並沒有表現出他是一名王子，然後等自己殺死他的父親，他就成為了魔王……

這中間的因果關係太可怕了！約克森先生頓時不寒而慄，不禁有種「難道自己早在對方計畫之內嗎？」的感覺。

另一邊，菲莉亞聽完倒是鬆了口氣。雖然她不明白是怎麼一回事，但他們好像相處得很愉快的樣子呢。

這個時候，站在角落裡的三王子理查．懷特默默移開了投注在菲莉亞身上的視線。

他並不是第一次見到菲莉亞，不過因為她身邊總是站著瑪格麗特那樣容貌出眾的驚人發光體，理查王子直到今天才注意到菲莉亞其實也長得很漂亮……不，漂亮這個詞太過籠統，或許以可愛來形容更合適。

他忽然有些恍惚。

婚紗給人的感覺果然很不一樣。瑪格麗特今天也是盛裝，但大家今天的關注點竟然都在菲莉亞身上，這在平時可是很少見的，畢竟瑪格麗特具有難以抵擋的先天性吸引力，與她相比的話，周遭的一切都會輕易的黯然失色。

那麼，等到瑪格麗特穿婚紗的時候，會是怎樣的一番光景呢？

理查想像了一下，卻覺得無論怎麼窮盡想像，都無法呈現瑪格麗特的美。毫無疑問，在瑪格麗特的婚禮上，全世界的光彩都會被她一個人奪走——她會含情脈脈注視著她的丈夫，她會在交換戒指時露出淺淺的微笑，她會在定情之吻時表現出與往常不同的羞澀……

能與瑪格麗特結婚的，該是有多麼幸運的男人。

光是幻想，理查便感到身體不受控制的熱了起來。

他今晚喝了酒，魔族的酒和他平時嚐的不一樣，卻別有一番風味，香醇中帶有一股清甜，因此不知不覺就多喝了一些。另外，由於是在魔族的地盤上，理查身邊來來往往的都是身材高大的魔族，這給他無形之中帶來不少壓力，稍一不注意就又喝下去不少，眼下，他已然醉醺醺了。

酒在胃裡打滾著，理查覺得身體熱乎乎的，腦袋的思路似乎也開始和平時不一樣，他情不自禁的再次看向瑪格麗特——

啊，美麗的瑪格麗特，她正和一個棕髮青年說話……

對了，那是菲莉亞的哥哥，他曾經見過，是打擾他和瑪格麗特獨處的討厭傢伙，憑藉著妹妹的魔后身分，如此平凡的一個男人，地位大概也會從此大不一樣吧。

當然，那個男人依然不可能比得上作為王子的他，畢竟他可是天生王族，從出生就被上天眷顧的人。

理查的視線漸漸模糊了，他看不清楚瑪格麗特的表情，但光是想到對方喜歡的其實是自己，理查便覺得心臟滾燙，前所未有的勇氣從身體深處凶猛竄出，他猛地放下酒杯，站了起來。

理查並沒有走向瑪格麗特，而是走到自己的父親——國王愛德華三世的面前。

「父王。」理查定了定神，喊道。

愛德華三世看了眼自己的第三個兒子，聞到他身上比平時更濃烈的酒味，皺起了眉頭。

不過，想到兒子已經是成年人，酒味還不算太重，況且今天本來就是交際的場合……國王的眉毛再次舒展開，溫和問道：「怎麼了，理查？」

在所有兄弟中，理查是比較受寵的一個。

在國王愛德華三世看來，他這個兒子天真浪漫，喜愛詩詞歌賦，很像他年輕的時候。而且難得的是他在勇者學校成績也很不錯，還拿過學院競賽第二名，愛德華三世一直很為他驕傲，因此平時便比較寵愛，對他的容忍度也比較高，態度亦相當親切。

面對如此寵愛自己的父親，理查什麼話都願意和父親說，父子關係越發和諧。

理查挺了挺胸，臉頰上泛著不知是因為酒精還是害羞而產生的紅暈，「父王，我想要和瑪格麗特結婚！」他說道。

理查的語句鏗鏘有力，態度堅決。

然而，聽到他這句話的當下，愛德華三世的內心是震驚的。

瑪格麗特在民間被稱為「海波里恩之花」的事，作為國王的愛德華三世也有所耳聞，而且他常常會見到瑪格麗特，不得不承認她的確配得上這樣的稱呼。那女孩的美麗足以吸引各式各樣的目光，受歡迎是相當正常且自然的事。

理查和瑪格麗特差不多大，會喜歡她並不奇怪。不過，一開口就是想要結婚，多少還是將愛德華三世驚到了。

於是，愛德華三世驚訝的重複了一遍：「瑪格麗特？」

——兒啊，你知道你的競爭對手有多少嗎？難道你就不怕被當街打死嗎？

理查王子用力點了點頭。

「父王，我喜歡……不，我確定我對她的感情已經足以用愛來形容！她就是我的晨光和雨露，在見到她的一瞬間，我才終於明白我是為什麼而生的！」

稍微停頓了一下，理查王子在一瞬間對自己即將要說的話產生了一點懷疑，並不特別自信，但他還是很快安定下來。

「況且，瑪格麗特也愛我！我是王子，她是公爵的女兒，我們都從勇者學校畢業，想來也有相同的興趣愛好。父親！我想，全世界都會祝福我們的結合！」

愛德華三世更震驚了：「瑪格麗特愛你？！你確定嗎？」

——總覺得這下兒子真的要被全國人民打死了怎麼辦？

理查當然不確定，尤其是上一次在花園裡被瑪格麗特拒絕以後，就算是他，也忍不住對自身產生了懷疑，有了「難道瑪格麗特真的對他沒有好感，一切都是他想多了」的想法。

難道就像不少人猜測的，瑪格麗特真正喜歡的人其實是卡斯爾？

的確，卡斯爾無論是家境、相貌、受關注程度，還是別的方面，在海波里恩都和瑪格麗特不相上下。不僅如此，卡斯爾不管是在男人還是女人中都相當受歡迎，在愛慕者數量上幾乎就是性別顛倒的瑪格麗特。瑪格麗特如果愛上他的話，一點都不奇怪。

另外……不知道為什麼，理查發現自己其實頗在意菲莉亞的哥哥。

儘管那個馬丁不管怎麼看，就是一個都很普通的青年，性格也不太顯眼，即使長相端正好看，亦遠遠沒有達到瑪格麗特那樣的高度。然而，自從那天他中途衝出來阻礙自己和瑪格麗特之後，理查怎麼也無法忽視他。

——難道說他也是個有分量的情敵？

理查偷偷調查過馬丁。

馬丁・羅格朗或許在普通人中姑且還算是相貌英俊、品行良好、前途無量，可是比起貴族，就實在差得遠。他僅有的比較特別的亮點便是年輕的正式機械師以及妹妹嫁給了魔王而已，更別說身為魔王的親戚，目前在大部分人看來仍然不是什麼好事。

要說瑪格麗特喜歡的是這麼平庸的人，理查說什麼都不信，更不可能服氣。如果真的會失敗，他寧願相信自己是輸給卡斯爾。

不過，理查的猶豫只是持續了片刻，在胃裡翻滾著的艾斯之酒重新醺染他的神智。

理查渾身上下再次充滿了謎一樣的勇氣。

「我……確定！」理查重新堅定的說道，「我知道，瑪格麗特也愛我！我們之間沒有其他人插足的餘地，我們的感情是一樣的！」

難道她那種想要見他卻又不敢靠近的行為，還不能算是愛嗎？

難道她對他頻頻投來愛慕的視線卻羞於對他訴說，還不能算是愛嗎？

難道她對他的欲迎還羞，還不能算是愛嗎？

理查在腦海中回憶著不少瑪格麗特偶然出現於他所在之處的畫面，藉以鞏固自己搖搖欲墜的想法。

瑪格麗特是他的初戀，是他長達二十多年的人生裡第一個喜歡、到目前為止唯一喜歡上的女孩。要是失去她的話，理查不明白自己這麼多年來的感情算什麼。

所以，他無論如何都不會放棄瑪格麗特。

望著自己心愛的三兒子真誠篤定的眼神——這是只有絕對自信的人才能露出來的目光——滿心懷疑的愛德華三世不禁對他說的話信了幾分。

其實正如理查自己所言，他和瑪格麗特並非完全沒有可能。儘管瑪格麗特是備受關注的王城明珠，可是理查自己也是國王寵愛的兒子、這個國家的王子啊！

唯一麻煩的，恐怕就是瑪格麗特的父親威廉森公爵了，他一向將自己唯一的女兒視作掌上明珠，寵愛得不行。以理查對威廉森公爵的瞭解，他大概對可能做自己女婿的人選沒一個滿意吧。

聽理查的說法，愛德華三世還以為他一直在和瑪格麗特偷偷戀愛，已經到了論及婚嫁的地步，只是沒有公開而已，理查這次過來和他說這些，也是跟瑪格麗特商量後慎重做出的決定。大概是瑪格麗特也知道自己父親的固執，所以才決定抬出他這個就算是公爵也不得不給幾分薄面的國王來。

當然，愛德華三世無論如何都不會想到這只是自家兒子酒喝多了的一頭熱。

完全沒想過會是在他看來尚且年少的三兒子先結婚，愛德華三世雖然是個國王，同時卻也是個父親，不由得生出幾分感慨。斟酌了一下，他說道：「既然你們兩個都這麼想的話，我幫你去問問威廉森公爵吧。要是他同意，我就擇日幫你們安排婚期。」

聽到父親的承諾，理查只感覺渾身上下的血液都沸騰了起來，他似乎離成功只有一步之遙了。

——瑪格麗特！瑪格麗特！

理查心情澎湃，他的腦海中充斥著瑪格麗特這個全世界最可愛的名字。有幾秒鐘，他被酒精麻痺的理智好像清醒了過來，若有若無的感到不妥，可這點遲疑很快就被巨大的喜悅沖了下去，理查並沒有在意。

這個時候，國王和王子都沒有注意到，隨團來報導這次具有重大外交意義婚禮的王城記者，此時正在偷偷關注著他們。

他假裝自己專注於和其他賓客的交談，臉上談笑自若，卻不經意的從口袋裡掏出紙筆，彷彿漫不經心的寫了幾筆，隨即又將紙片收回口袋中。

▶◇◀◎▶◇◀

「菲莉亞，恭喜妳結婚！」

「恭喜妳，菲莉亞！」

「歐文，你這小子！是魔王就算了，竟然還第一個結婚！」

「不不不，他不是第一個，傑瑞那混蛋才是喪心病狂的一畢業就結婚……」

和達官顯貴進行過象徵性的外交後，菲莉亞和歐文終於有了自己的時間，於是很快的被發現他們周圍沒人的昔日室友和同學們包圍了。

因為有之前的同學會做鋪墊，且年輕的勇者們適應力強又性格爽快，他們都沒有在意歐文的魔王身分，純粹作為好朋友的開始祝福和調侃。

菲莉亞相對好一點，她收到的都是充滿好意的祝福。歐文就慘了，這群至今沒有談過戀愛的大男孩們才不管他是不是魔王、魔力擴散開來是不是很可怕，直接拿他的魔王身分和菲莉亞的丈夫這兩點開涮。

其中歐文室友中曾留級過，因此年齡最大且膽子也最大的寢室長直接拉住了菲莉亞，一上來就爆歐文黑料，只見他語重心長的說道：「菲莉亞啊，妳知道嗎？歐文這傢伙從很久以前就動機不良了，某一天夜晚我起床上廁所，竟然碰到歐文半夜出來洗……」

「你閉嘴！」歐文臉漲得通紅，聽到室友竟然說這個，立刻惱羞成怒。

趁著歐文對寢室長發火，奧利弗見縫插針道：「菲莉亞，很多事妳都不知道，其實唸書的時候妳是很受歡迎的，但是歐文這傢伙……嘖，手段太陰險了。」

奧利弗這個也快要結婚的人，當然不會說出當年暗中追求菲莉亞的人裡也有他一個，他料定歐文不會將這件事說出來，因此肆無忌憚。

歐文果然無法反駁，只能怒瞪奧利弗。

奧利弗泰然自若，眼神正直。

然而奧利弗千算萬算，卻忘了這裡還有迪恩這麼個善於賣隊友的坑人兄弟。

聽自己一起長大的好友這麼說，迪恩那根筆直的神經相當想不通，歪了歪頭，沒有惡意的說道：「誒？！奧利弗，當時喜歡菲莉亞的不就是……」

奧利弗連忙一把按住迪恩的嘴，順便在他腰上捶了一下。儘管奧利弗不當勇者多年，但過去畢竟是強力量系裡揮重劍的，力氣完全不是迪恩這種普通劍士可比，一拳頭下去，迪恩頓時「嗷——」的一聲慘叫。

然後迪恩就被拖走了。

十幾分鐘後，菲莉亞和歐文好不容易從關心他們的同學裡掙脫出來，兩個人一起逃到了沒有人的陽臺上。

今晚的月色很是不錯，夜晚的涼風吹過來，菲莉亞輕輕理了理自己有些散亂的頭髮。

歐文考慮了一會兒，覺得自己有必要就剛才被室友們爆料出來的事件進行一番解釋，他張了張嘴，道：「菲莉亞，那個，其實我……」

「……我很高興。」

聽到菲莉亞的聲音，歐文詫異的轉過頭。

藉著清澈的月光，他看見穿著婚紗的菲莉亞靜靜站在那裡，她微笑的臉上泛著一點淡淡的紅暈，美得簡直像是油畫一樣。

歐文的胸口劃過一股溫熱的暖流，快到嘴邊的話不由自主的轉了個彎。

「那個……我愛妳，菲莉亞。」

「……我、我也愛你。」

即使已經結婚，這麼直白的情話依然會讓空氣升溫。菲莉亞看著歐文的臉，羞澀的抿了抿脣，然後，她將手輕輕放在歐文手上。

不久，菲莉亞的手被反握住。

漫天星光下，兩人相視一笑。

第三章 我女兒才不會喜歡你兒子！

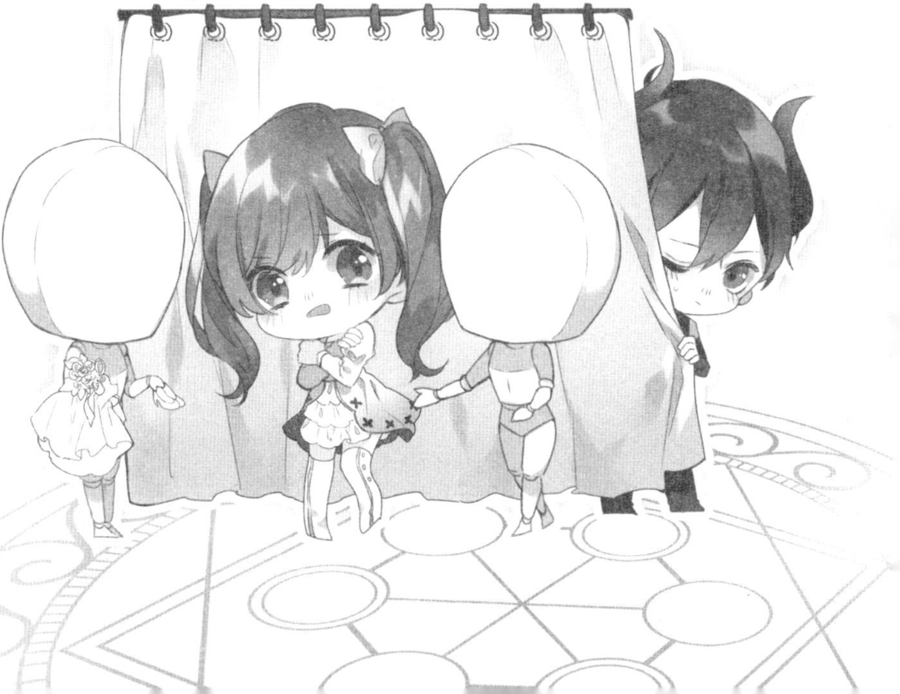

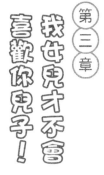

那場象徵著新世紀到來的新任魔王婚禮結束後，人族和魔族雙方仍熱議了它很長的一段時間。全海波里恩的報紙都在大肆報導這件事，並對這場婚禮會造成的影響進行了各種角度的全方位分析，包括魔王和魔后婚姻的持久度、從各地收集的兩人經歷、人類和魔族王室聯姻可能對未來局勢造成的影響……一時間全國的報紙銷量都大幅上升。

正因為這個話題實在是太熱門了，當威廉森公爵得知他的老朋友愛德華三世請他進宮喝茶的時候，還以為他也是想就這件事展開討論。

這個時代，對愛德華三世安於現狀的性格有很多不滿的人，其中有大臣，也有貴族。不過，這些人裡並不包括威廉森公爵。

在威廉森公爵看來，愛德華三世作為國王來說的確稍顯平庸，但他並不是個壞人，採用的溫和政策很適合沒有戰爭的和平時代。就各種意義上來說，他並不討厭這個國王。

然而，當威廉森公爵毫無防備的得知老朋友叫他來喝茶並不是為了深入探討有關魔族的事，而是意圖奪走他唯一的女兒瑪格麗特時，他就徹底扔掉了所有對愛德華三世的好感，果斷將他拖入「永不來往」黑名單，然後炸了。

「拔劍吧！混蛋！我女兒才不會喜歡你兒子！」(╯`□´)╯┻┻

「滾開！我不聽！」

「什麼理查！從來沒有聽說過！他肯定是胡扯！我家瑪格麗特怎麼可能喜歡他！」

「我的瑪格麗特才二十一啊！！她還這麼小，結婚太早了！我絕對不同意！」

愛德華三世：「呃，那個，你稍微冷靜一下……」

「住嘴！我怎麼可能冷靜！」

威廉森公爵氣到完全不願聽愛德華三世說話的地步，還不等他再說些什麼，便憤怒的甩門而去。

愛德華三世也知道憑威廉森公爵對女兒的愛護程度，肯定需要讓他有一些適應的時間，只不過對方反應之激烈仍然超乎了想像。

愛德華三世嘆了口氣，沒有再追上去。

——只能讓理查再等待一陣子了。

只是……

愛德華三世回想起威廉森公爵說沒有聽說過理查的話，不禁產生了一絲疑惑。

他知道瑪格麗特一貫是個沉默寡言的女孩，不過……如果是熱戀中的少女，真的會在家裡一句都不提戀人的名字嗎？

▶◇◀◎▶◇◀

威廉森公爵怒氣衝衝回到家，一想起剛才愛德華三世竟然試圖從他手裡拿走他最寶貝的珍珠的那番話，就覺得胸口一陣一陣冒火！

——開什麼玩笑！小瑪格麗特可是我一勺一勺餵大的！怎麼可能輕易交給不知道從哪冒出來的居心不良的混小子！雖然理查王子不能算是不知從哪兒冒出來的，不過依然是居心不良的混小子！

——小時候瑪格麗特笑起來的樣子多甜多可愛啊！世界上怎麼可能有配得上小瑪格麗特的男人！雖然她長大以後越來越冷淡了……

——再說，瑪格麗特現在才多大？現在王城裡貴族女孩早婚的風氣真是越來越不對了，年輕人怎麼知道婚姻的嚴肅性呢？瑪格麗特要結婚的話，至少得等到三十七、八歲吧……

越想，威廉森公爵越不禁悲從中來，嚴肅的老臉悲戚幾分，紅色的鬍子也垂下來了。

——好難過，小瑪格麗特已經不是當年可以被我抱在懷裡的小女兒了……

威廉森公爵疲憊的往沙發上一坐，雖然他現在分外思念瑪格麗特，但冷靜下來後，又覺得或許還是直接問問瑪格麗特比較好。如果瑪格麗特能幸福的話，嫁給王子其實也不是不能接受，反正家離王宮還是挺近的，唉……

可惜瑪格麗特現在不在家，她出門練劍去了。自從唯一一個女性朋友出嫁之後，瑪格麗特似乎變得比以前更孤僻。

「那個……公爵大人。」

聽到家裡的管家小心翼翼的叫著他，威廉森公爵抬起頭。

這時，他才發現家裡的傭人們都緊張兮兮的看著他，一副欲言又止的樣子。

威廉森公爵不禁疑惑起來。難道他沮喪的樣子非常明顯嗎？傭人們全都看出來了？還是說瑪格麗特在他不在家時，自己公布和那個什麼鬼的王子的戀情，然後私奔了？

威廉森公爵心裡一緊，問道：「怎麼了嗎？」

「那、那個……公爵大人，有件事我們必須要向您彙報，就是……唉，請您知道後務必要保持冷靜。」平時膽子很大的管家今天分外支支吾吾，甚至不敢看威廉森公爵的眼睛。他邊說，邊將手裡的報紙放在茶几上，「這個，是今天早上發行的報紙……」

威廉森公爵平時就有看報紙的習慣，一份報紙有什麼稀奇的？他古怪的看了管家一眼，然後拿起報紙……

頓時，威廉森公爵差點要噴出一口老血，他感到自己渾身上下的血液都在往頭頂上跑！

只見報紙上用特大號的字型在頭版上寫著——

「婚期將至？王城明珠定情三王子！」

▶◇◀◎▶◇◀

在艾斯參加完妹妹的曠世婚禮後，馬丁的生活又恢復了平靜。

儘管妹妹真的不在身邊這件事想起來還有些寂寞，但是看到菲莉亞滿臉幸福的樣子，馬丁便也為她高興。再說，歐文準備設置在王城家裡的魔法陣很快就要完成了，到時候只要請魔力稍好的魔法師來家裡催動一下，雙方就可以輕鬆來往。

於是，跟往常一樣，馬丁收拾好東西，準備去父親商行的工作室開始今天的工作。最近他們在製作的機械已經快要完工，目前正是最緊張的階段。

王城的街道還是一如既往的喧囂熱鬧，來來往往的人們似乎都有自己要做的事。馬丁混跡在人群之中，按部就班的穿過幾條大街，終於來到工作室。

初秋的天氣時而會再現夏季的輝煌，比如今天，簡直可以將人熱出汗。但工作室由於某些材料需要特殊保存環境的原因，很少有光線透進來，比外面要涼快很多，一踏進去，馬丁便稍稍吐了口氣。

同事們大多已經到了，平時大家應該都在各做各的事，或者各自進行工作準備才對，但是今天卻不一樣，馬丁意外發現他們全都聚在一起，正在熱烈討論著什麼。

聽到開門和關門聲，和他關係最好的同事麥克回過頭，對馬丁揮了揮手，喊道：「馬丁，你來了啊！」

馬丁微笑一下，對他點了點頭，便提著工具箱要去自己的工作臺做準備。

這時，中年的機械師對他喊道：「來得正好，馬丁！你快過來看看這份報紙！今天的新聞可不得了啊！這大概是你妹妹結婚以後，我們王城最大的新聞了！」

相較於中年機械師興奮的語氣，馬丁的反應比較平淡。

他並沒有走過去，只是一邊打開自己的工具箱，將各種工具一個一個在固定位置擺好，一邊出於禮貌的問道：「是什麼事？」

「你還記得我們上次跟你提的瑪格麗特．威廉森嗎？就是我們王城的驕傲，海波里恩的明珠！」

馬丁的動作一頓，轉過了頭。

見馬丁回頭，中年機械師精神一振。

要知道馬丁這小子平時看上去對誰都很友好、一副溫柔的樣子，但大多時候卻是獨來獨往，連麥克都只是偶爾和他處在一起而已。

而且馬丁雖然總是微笑，彷彿很好相處，可實際上他給人一種和世俗世界隔了一層的感覺，誰都看不透他。以往同事之間聊天的時候，馬丁頂多只是在旁邊淡笑聽著，能讓他參與進來是很難的事。

現在，在提到瑪格麗特名字的時候，他竟然露出了有所觸動的神情，這讓中年機械師很是振奮，同時心中也有幾分瞭然。

——果然，男人嘛，還是很難不對美女感興趣啊。馬丁這傢伙，就算平時看起來清心寡慾，骨子裡畢竟還是年輕的男性啊！

於是中年機械師將被大家熱烈討論的那一份報紙舉了起來，揉成一顆球輕輕一拋，丟到馬丁的工作臺上。

「給你！今早的頭版新聞！這家報社不知怎麼拿到的獨家，今天賣得可火了，現在已經買不到了！咱們工作室唯一的一份，我鞋都沒穿跑出去才買到的！你拿著看吧！」

馬丁愣了愣，然後拿起那個報紙團，輕輕展開，上面的內容很快展現出來。在看清報紙上皺巴巴的字的一瞬間，馬丁的瞳孔猛地一縮。

「想不到竟然會是三王子。」中年機械師摸著下巴，感慨道：「我還以為肯定會是卡斯爾呢，他們兩個多登對啊。」

麥克聳了聳肩，「可理查畢竟是個王子啊。大部分女孩子都幻想過要嫁給王子吧。」

「我就沒有想過。」艾德琳有些不高興的說道，她對涉及性別的話題頗為敏感，邊說邊從中年機械師身邊經過，走回自己的工作臺，著手準備工作。

「哈哈哈哈，妳也能算個女人嗎？」對方毫不在意，反而大笑著說。

「他們貴族之間的事不是我們能夠理解的。說不定是什麼政治問題呢。」麥克怕這個話題繼續深入會激怒艾德琳，連忙將聊天的內容扯回瑪格麗特和三王子身上。

「這可不一定！」另一個機械師說，「你看，報紙上的記者不是說了嗎？上次在友好宴會上將瑪格麗特帶走的人也是那個三王子理查。如果這個說法成立的話，他們兩個大概早就談戀愛好久了！」

「哈哈哈！那豈不是全王城的年輕男人都要心碎了！」中年機械師隨意往椅背上一靠，問向馬丁：「喂，馬丁，你那篇報導讀完了嗎？你怎麼看？你妹妹有知道什麼內情嗎？」

馬丁後背一抖，這才回過神來。

實際上，他只是盯著標題，一個字都看不進去。標題上那幾個簡單的名詞，簡直是可怕的魔咒，攪得他腦海翻滾，心神不寧。

「我……不知道。」馬丁勉強道。

麥克卻聽出馬丁的語氣有點古怪，走過去拍他的肩膀，關切的問道：「怎麼了，你沒事吧？怎麼聲音有點怪？」

「……還好。」他心不在焉的回答。

事實上，馬丁的內心一團亂麻，已經不知道自己在想什麼、在說什麼了。

中年機械師卻對這種答案不太滿意，他繼續追問道：「誰問你知道不知道啦？你最近聯繫你妹妹了嗎？她現在不是老是進出王宮？總該知道點什麼的吧！」

馬丁的同事想法很簡單，菲莉亞已經成了魔后，且魔王和國王交往密切，有很多協議正在籌備簽訂。既然菲莉亞有這麼多機會進出王宮，沒道理不知道啊！

「……抱歉。」馬丁不答，反而道：「……我要工作了。」

說話間，報紙已經重新被他揉成球。

「嘖，真沒意思。」中年機械師對馬丁的敷衍感到不快，但因為他是老闆的兒子，只敢嘴上抱怨抱怨，不敢追得太緊。

麥克卻擔憂的看著馬丁，「馬丁，你身體還沒有好些嗎？你的臉色……」

馬丁也知道自己大概面色慘白如紙。他頓了頓，好不容易才從心亂如麻的情緒裡整理出一分理智，勉強對關心他的好友一笑，說：「我沒事……放心。」

「是、是嗎？」麥克並不十分相信，「你……不要逞強。」

馬丁點點頭，見麥克雖然猶豫，但還是回到自己的工作臺，他才鬆了口氣。

——瑪格麗特。

回想起這個名字，馬丁心中一陣抽痛。憑著之前他所看到的情形，他並不相信瑪格麗特會和三王子在一起，以公爵女兒的身分，她也沒有什麼必要去進行政治婚姻。再說，以瑪格麗特倔強的個性，大概也絕對不會同意那種事。

但報紙上的那些話，卻仍然撼動馬丁的心。即使知道那八成是無中生有的新聞，他卻依舊無法無動於衷，被極大的動搖了心神。

他好想看到瑪格麗特的臉，好想從她口中聽到否認的話，但是……

馬丁嘆了口氣。瑪格麗特上次來找他的時候有特意說過了，她準備離開王城幾天，此時瑪格麗特應該還在城郊森林才對。

▶◇◀◎▶◇◀

等瑪格麗特發現關於她的八卦引爆了整個王城，已是好幾天之後的事了。

這不能怪瑪格麗特，她雖然外表看起來冷靜又聰明的樣子，實際上在某些方面相當的遲鈍笨拙。況且菲莉亞遠嫁後，她在王城中失去了最好的朋友，而卡斯爾又接了任務，與艾爾西和尤萊亞一起出去進行勇者工作了，此時的王城中，她甚至沒有一個可以交心的同齡人。

本來卡斯爾接的勇者任務，瑪格麗特也應該去的，可是菲莉亞不在，她就是團隊中唯一的女性，多少有點不方便，加上瑪格麗特自己心情也不好，所以她乾脆申請延長一個月的假期，留在王城中調整心情，卡斯爾也好脾氣的同意了。

可是假期的作用沒有想像中來得好，瑪格麗特依然覺得相當孤獨。

於是，為了散心，瑪格麗特索性去城郊森林修行，一走幾天，基本上都在打獵和練劍。回來後，她發現王城裡的人都對她格外關注，時不時有人看向她，並且小聲的交頭接耳。

瑪格麗特外貌惹眼，以往也常常被人圍觀，因此她起初並不在意，可是她漸漸發現氣氛變得越來越不對勁，甚至還有幾個不要命的、像記者模樣的人特地跑來問她「婚期是什麼時候」、「你們交往多久了」之類的怪問題，瑪格麗特按照以往的行事作風先將他們揍跑後，才不由得感覺奇怪萬分。

心慌意亂的瑪格麗特加快步伐跑回家，然後就對上了面色鐵青的父親。

儘管大家都知道威廉森公爵極疼女兒，但實際上在瑪格麗特面前，他是很嚴肅的。這主要是出於教育方面的考量，但也導致在瑪格麗特的認知裡，父親是威嚴且不好親近的，而她的母親是相當端莊的淑女型貴婦人，即使是女兒，也保持恰當的距離，所以等進入青春期後，她大部分的事情都不會再告訴父母了。

「瑪格麗特，妳過來。」威廉森公爵黑著臉道。

她的父親很久沒有露出這麼糟糕的神情了，恐怕真的發生了什麼極為不好的事。

瑪格麗特皺了皺眉頭，遲疑了幾秒鐘，甚至本能的將手按在劍上，謀求些許安全感，才抬腳走過去。

看著瑪格麗特那雙遺傳自妻子的美麗藍眼，想到這麼漂亮乖巧、可愛聰慧的女兒以後就不是自己的了，威廉森公爵感到心在滴血。

儘管內心已經難過得要哭出來，可他依舊維持著深鎖眉頭、很有壓迫感的表情。

威廉森公爵鷹一樣的眼眸直勾勾盯著瑪格麗特，他紅色的鬍子動了動，「妳和三王子，那個叫理查的，是怎麼回事？」

聽到理查的名字，瑪格麗特下意識的蹙眉。

她不明白父親在說什麼，她明明和三王子理查沒有什麼關係，儘管最近總是莫名其妙的被對方拉住、說莫名其妙的話……

難道是上次在宴會上的事，對方終於來興師問罪了？

想到這裡，瑪格麗特心裡一緊。

上次那件事，實際上是馬丁將理查趕走的。想到有可能也會牽扯到馬丁，瑪格麗特便緊張起來。

「……他跟你說了什麼嗎？」瑪格麗特問。

見瑪格麗特雖然一臉疑惑，卻沒有立刻反駁，威廉森公爵好想回房間抱著被子哭一哭，心臟的血都要流乾了。然而他的表情仍然嚴厲，他將早上差點被他撕掉的報紙用力往瑪格麗特面前一丟，冷笑道：「哼，妳自己看吧！今天早上陛下都來找我商量婚事了！理查王子說這是你們兩個人的決定！」

——所以難道這是真的嗎！不要啊！QAQ

瑪格麗特聽到「婚事」和「理查」兩個詞就是一陣不好的預感，伸出手遲疑的將報紙撿起來，瞇起眼睛，透過眼鏡看著報紙上特大號的標題。

下一秒，她的動作僵住了。

威廉森公爵一直在觀察瑪格麗特的反應，比較理想的話，他當然是期待看到女兒立刻反駁這則新聞，最好生氣怒斥理查王子癩蛤蟆想吃天鵝肉太不要臉。不過，看到瑪格麗特提起劍就要往外衝，威廉森公爵還是愣了愣。

「──瑪格麗特，妳去哪兒？！」

「王宮。」瑪格麗特的回答隱含怒氣。

▶◇◀◎▶◇◀

正當瑪格麗特衝向宮殿的時候，愛德華三世這裡還一派平靜，他拉著過來共同研究人魔友好相處政策的魔王，滿眼興奮的問道：「歐文啊，你這麼年輕，有什麼夢想嗎？」

歐文燦爛一笑，無比自然的回答：「當然是世界和平，還有和海波里恩維持穩定友好的關係了。」

聽到答案，愛德華三世感動又欣慰的拍了拍歐文肩膀，「雖然你年輕，但很有理想啊！相信只要我們共同努力的話，你的夢想一定很快就可以實現的！」

歐文微笑不減道：「嗯，謝謝。」

自從那天歐文主動道歉，讓愛德華三世意識到他是一個寬容友善的好魔王以後，愛德華三世就對歐文的態度親切溫柔了很多。

其實，作為一個沒有外交的國王，愛德華三世一直是十分寂寞的，他從很久以前就渴望有一個可以和他站在同一高度的平等之人，然而這個人卻始終沒有出現。直到見到歐文後，他就立刻認為歐文作為魔王的心情應該和他差不多，於是不由得產生了些許惺惺相惜的共鳴之感。

在愛德華三世的想法中，他和歐文無疑已經成為了可以互相吐露不能對外人訴說的心事的忘年交，兩人……啊，不對，兩王之間應該存在著普通人中不存在的特殊默契，所以在某些其他人無法理解的事情上，歐文將是他唯一可以信任的傾訴對象。

比如，夢想。

是的，儘管擁有一整個國家、站在海波里恩王國的頂點、帶著人類領袖象徵的王冠，看似已經獲得了任何人渴慕的一切，可實際上，愛德華三世的夢想並沒有完成。

他是個有夢想的人。

和他的夢想相比起來，他目前擁有的所有東西都是如此的空虛膚淺。

「其實……我並不想當國王。」愛德華三世看似望向歐文的眼睛，其實正望著比大陸彼岸還要遙遠的地方，他嚮往的說道：「我想當一個水手，想隨著波浪漂流到大海的盡頭，去尋找最遠的彼方，然後在那裡……創作詩歌。」

歐文：「……啊，這很好啊。」但你告訴我這個幹什麼……

聽到歐文的話，愛德華三世內心一陣激動。

果然！只有同樣被王位束縛的歐文才能理解他的浪漫和無奈啊！

於是，他一把抓住了歐文的手，「歐文，你有沒有在夜晚眺望星星的時候，幻想過星空到底是由什麼組成的？是什麼在發光、是什麼讓它們東升西落？還有，你有沒有在凝視大海的時候，思考過大海的對面是什麼、它有沒有邊際？這個世界上，是不是只有我們這一塊大陸？會不會在海的對岸，就是傳說中的半神族棲息的地方？」

歐文一怔。他忽然想起以前有一次和父親聊天的時候，伊斯梅爾也問過他類似的問題。

不過，沒等歐文做出回應，愛德華三世已經自己頹廢下來說道：「不過，我作為國王，不能擅自離開王國之心。星空太遙遠了……大海，我也只在還是王子的時候見過一次。那是在海波里恩最東方的流月地區，那真是美麗又廣闊的地方啊……和海洋比起來，我們人類是多麼渺小……」

歐文想了想，道：「我們魔族也一樣。」

愛德華三世欣賞的看了歐文一眼，這句話讓他更確定他們擁有同樣的精神領域。不過，愛德華三世馬上又變得更加沮喪。

「可惜，我大概一生都沒有親自出海的機會了，我的王子們還遠遠不能獨當一面，我不能離開他們，更不放心將國家交給他們。這一點上，我可真羨慕你父親，要是我有你這麼出色的兒子就好了。」愛德華三世嘆了口氣。

歐文自認是個臉皮厚的人，但被這麼誇還是有點臉紅，對待愛德華三世的態度也不好意思和之前一樣敷衍了。

愛德華三世繼續道：「不過，我還是希望有人能替我出海看看。只是我們國家的船運不是很發達，無法遠航……你們魔族有什麼手段能去更遠的地方嗎？」

歐文搖了搖頭。

魔族的確有著相當出色可以用來移動的魔法，只要魔力夠充沛，幾乎能去任何地方。但這些地方並不包括未知的領域。

忽然，歐文想起了什麼，「你有沒有想過試試看矮人機械？」

愛德華三世愣了愣，「……矮人機械？」

「嗯。」歐文略微停頓幾秒，「你聽說過『起始號』嗎？」

聽到這個名字，愛德華三世頓時眼睛一亮。

「起始號」是一艘傳說中的船。據說那是矮人族當時用他們所擁有的最先進的鍊金術建造的、如同島嶼一般龐大的巨船。造出這艘船的矮人帶著大量的種子、金幣、書籍和許多寶貴的東西出海，然後再也沒有回來。

儘管只是傳說，可是史學家們確實找到了不少能證明這件事存在的依據。

而且，這是從古至今對於能出海的船隻唯一的記載，以矮人當時的鍊金術境界，真的能做到也說不定。

愛德華三世越想越興奮，他是知道矮人機械最近在王國之心發展很快的事，只是他從來不關注而已，看來今後確實要注意一下。

要說矮人機械的話，羅格朗先生的商行應該是目前最先進、最有發言權的，他本人也差不多是目前水準最出眾的機械師。歐文這一舉也有幫助羅格朗先生的生意的意思，看愛德華三世似有心動的模樣，歐文覺得這件事或許能成功。

越往下聊，愛德華三世越感到和歐文聊自己的心事果然是正確的選擇，他正要繼續追問一些和矮人機械有關的事，突然，房門從外面毫無徵兆的被撞開了。

愛德華三世皺了皺眉，正要喝斥這個隨意打斷他和魔王重要洽談的傢伙，卻見一個女僕慌慌張張跑進來，上氣不接下氣道：「不好了陛下！瑪格麗特．威廉森小姐忽然闖進來，現在——現在正壓著三王子殿下打呢！」

第四章 好友與哥哥不可言說的暗戀

既然歐文在王宮，菲莉亞自然也在。

當上魔后以後，菲莉亞主要的工作就從勇者變成了外交，這對從小不善言辭又容易害羞的菲莉亞來說不是個容易的工作。幸好，由於菲莉亞是勇者出生的關係，在很多方面獲得了不少天然的優勢。

比如說在艾斯，她可以用捏幾塊磚的方式來讓大臣們閉嘴，對很少受到物理攻擊的魔族來說，這招效果極其有效。而在海波里恩就更輕鬆了，因為勇者的社會地位高，菲莉亞在這裡受到天然的尊重。另外，因戰鬥力存在著顯著的差距，非勇者的普通人會對她抱有一定的敬畏，這讓她在兩邊的工作都不算太困難。

瑪格麗特抓住三王子猛揍的消息傳過來的時候，菲莉亞正在和王后與伴妃們聊天。

當然，更準確的說法是王后和伴妃負責說，菲莉亞在旁邊聽，時不時回以微笑。不過，縱使王后和伴妃對她很親切禮貌，可畢竟很多話題她都不感興趣，尤其對方四個人竟是同一個人的妻子，給菲莉亞的感覺很奇怪，於是聊了不久，菲莉亞便感到疲憊了。

老實說，當女僕慌張的過來彙報的時候，菲莉亞在驚訝之餘，還有點被拯救的感覺，稍微鬆了口氣。

不過，跟放鬆的菲莉亞不一樣，理查王子的親生母親——海波里恩的王后，聽到自己引以為傲的寶貝兒子被打，立刻花容盡失，顧不得禮貌，提起裙子就往外面跑。菲莉亞擔心瑪格麗特，連忙也追了過去。

等她們抵達現場，歐文以及被歐文用魔法一塊兒拎過來的愛德華三世都已經到了，瑪格麗特和理查已經被人拉開。

此時瑪格麗特漲紅了臉，看上去怒氣衝衝；理查王子臉上則有兩道劃開的劍傷，雖說看起來傷得不重，卻比瑪格麗特狼狽許多。兩人臉上和身上全都是汗，不停喘著氣，顯然剛才的戰鬥很激烈。

事故發生的經過，基本上也弄清楚了。其實事實和女僕說的還是有些差距的，並不是瑪格麗特一衝進來便毫無根據的壓著理查就打，而是他們兩個在進行雙方都同意的決鬥。

事情是這樣的——瑪格麗特氣勢洶洶的衝進王宮說要找三王子，三王子一聽瑪格麗特來找自己，心情自然有點小激動，興沖沖就來接待了。誰知瑪格麗特根本不是來找他表白，而是直接要求他拔劍，兩個人決鬥。

威廉森公爵和瑪格麗特果然是父女，前者剛剛揚言過要揍愛德華三世，後者就衝進來揍他的三兒子。

在被揍之前，理查其實真的不太明白發生了什麼事。他並不是個關注新聞的人，王宮裡的人又不敢當著他的面亂說。愛德華三世倒是會關注，只是他以為理查早就知道了，說不定報紙上的新聞就是理查親自去放的呢，於是也沒有提起。

結果就是，理查始終不知道他和瑪格麗特上報的事。

瑪格麗特說要和他決鬥的時候，他心裡想的是：誒？難道瑪格麗特想了新的方法來引起我的注意？還是說，她準備揍我一頓，讓我留下終生難忘的印象後再悲劇性的忘記我？

思考之後，理查覺得先擊敗瑪格麗特，讓她覺得自己的厲害後，再深情的告訴瑪格麗特即使她不這麼做，他依然會永遠愛她，這樣也比較浪漫，於是就答應了。

然後他就被瑪格麗特揍了。

旁邊的女僕們一看事情不對，連忙去通知國王和王后，才出現眼下的狀況。

不得不說，理查王子的確比較倒楣，他也確實沒想到自己竟然會輸給瑪格麗特，畢竟以前在學院大賽的時候，他是贏過瑪格麗特的。

只是，他不知道瑪格麗特當時曾在和菲莉亞對決時負傷，是在行動不便的情況下與他進行決鬥。況且，如今他們畢業多年，理查在王宮裡當著養尊處優的王子，而瑪格麗特一直和卡斯爾一起當著真正的勇者，兩人在劍術上的成就早已不可同日而語。

當然，瑪格麗特還是有分寸的。理查臉上的傷是她一開始在怒氣最盛的時候沒把握好所劃下的，發現用劍造成的誤傷後，她就把劍扔了改用拳頭揍，而且沒有揍臉。在決鬥之前，理查有穿上護具，應該沒受太重的傷才對。

儘管如此，王后還是很心疼，抱著理查摸來摸去，生怕他有哪裡不對勁。

理查擦了把臉上的汗，他是剛剛聽愛德華三世解釋才弄清楚瑪格麗特為什麼會這麼生氣的衝進宮來。聽完後，理查王子不禁有幾分黯然。

原來，瑪格麗特真的不是想引起他的注意啊……

老實說，他對那天喝醉後太過衝動說的謊也並非完全不後悔，只是多少還有幾分僥倖的念頭，他一直認真的覺得自己和瑪格麗特是兩情相悅的，說不定推她一把，瑪格麗特就下定決心了呢？

不過，現在看來是他想多了。

疼痛讓理查長期發熱的頭腦終於冷靜了下來，彷彿一個勁燃燒的爐子總算被潑了一盆冰水。搞清楚前因後果後，理查定了定神，暫時將關切抱著他的母親推開。

理查終於能夠撇開愛情的盲目看清楚自己的一廂情願了，他看著瑪格麗特的眼睛，誠心的說道：「瑪格麗特，我很抱歉。是我私自讓父王和威廉森公爵商量與妳的婚事，給妳造成了困擾，對不起。但是我沒有和報社的記者聯繫過，在妳來之前，也沒有看過那份報紙……

上面寫的那些話我確實說過，但我並不知道他們是怎麼弄到的。」

瑪格麗特一愣。

理查的眼神鎮定而真誠，和之前已經不一樣，不像在說謊。

但是那則新聞寫得相當詳細，還將理查說的話作為確鑿的證據進行例證，而父親告訴她的話也證明的確是理查自己說他們兩情相悅的。皇宮並不是誰都能輕易進出的地方，那些話除了理查自己說出去以外……

瑪格麗特忽然有些頭疼，她擰了擰眉頭。

這麼說也不對，世界上大概沒有人比她更清楚記者可以煩人到什麼程度了，他們總是有無窮無盡的手段打聽到自己想要的消息。

「如果不是你的話，我很抱歉，為我的魯莽和無禮。」瑪格麗特略一停頓，又道：「但是，結婚的事，我不會承認。」

「我、我知道了，抱歉，瑪格麗特……」理查不自在的摸了摸頭髮，「那個，決鬥的事妳也不用道歉……是我自己答應和妳決鬥的，再說我也沒受什麼傷。」

他只是看起來狼狽，的確沒什麼事，臉上的劃傷也只是一點點，治療以後大概連疤都不會留。

愛德華三世現在知道自己兒子先前說的話不可靠了，不由得嘆了口氣。他看向歐文，歉意的說：「抱歉，歐文，讓你看到丟臉的狀況……」

「沒關係。」歐文自然熟練的一笑，「不過你們說的報紙，那是什麼？」

歐文最近大部分的時間都在艾斯，自然沒有關注海波里恩的報紙。聽到他這麼問，同樣沒有看過那份報紙的菲莉亞，也望向了愛德華三世。

但回答他們的並不是愛德華三世，瑪格麗特在口袋裡摸了摸，將一張被揉得皺巴巴的紙掏了出來，遞給菲莉亞。

菲莉亞打開便看見那條觸目驚心的新聞，她連忙再次看向瑪格麗特，只見瑪格麗特的神情有些疲倦和厭煩，果然是對這條新聞很反感的樣子。

儘管瑪格麗特在決鬥中贏了理查王子，處於占據優勢的一方，但她的狀況也並非很好。剛才兩人之間的搏鬥顯然有些激烈，瑪格麗特的臉頰上沾染了灰塵，身上的衣服也髒了，不知道還有沒有什麼看不見的傷口。

見菲莉亞神情擔憂的樣子，歐文笑著對愛德華三世道：「既然這樣的話，今天我們就先回去了，剩下的事改天再說吧……菲莉亞和瑪格麗特好像也有話想說的樣子。」

愛德華還覺得歐文是怕他們尷尬才這麼說，甚至將難以處理的瑪格麗特帶走了，頓時對於對方的體貼大為感動。

「真是不好意思……」愛德華三世愧疚的說，「那我改天再招待你們吧。」

兩個國王彼此又寒暄了幾句沒營養的廢話，氣氛多少緩和了些。

菲莉亞扶起瑪格麗特，歐文用斗篷罩住菲莉亞，準備將她們兩個一起帶回艾斯去。

淡淡的魔法光芒從歐文的斗篷裡亮起，這時，三王子理查忽然急急忙忙跑過來，一把抓住瑪格麗特的袖子，阻止她離開。

「瑪格麗特……」理查仍有幾分不死心，「妳真的從來沒有喜歡過我嗎？」

瑪格麗特一愣，搖搖頭，遲疑幾秒後，下定決心道：「我有喜歡的人。」

聽到瑪格麗特竟然說出來了，菲莉亞有點吃驚。從學校畢業以後，瑪格麗特沒有告訴過任何人這件事。

「是、是嗎？」理查聽到瑪格麗特說「有喜歡的人」時就瞳孔一縮，不禁又尷尬的摸了摸後腦杓，這樣的話，也難怪瑪格麗特看到報紙會生氣了。

連已經知情的菲莉亞對瑪格麗特說出這件事都感到吃驚，更何況是原本不知道的人了。

瑪格麗特話音剛落，差不多從小看著她長大的國王和王后便驚訝的對視一眼，腦海裡不由自主的浮現出同一個名字——

卡斯爾。

然而，他們還沒來得及做出什麼反應，歐文、菲莉亞和瑪格麗特就已經在一陣魔法的光芒閃爍後消失了。

眨眼間，菲莉亞和瑪格麗特便落在魔王城堡的書房裡，歐文放開她們後，知道自己的妻子肯定想和閨蜜單獨說話，因此對她們點了點頭就轉身離開，準備去處理政務打發時間。

菲莉亞手裡還捏著那張皺巴巴的報紙，她想了想，安慰道：「那個……沒關係的，哥哥應該不會相信這種新聞的。大不了，我去跟他解釋……」

瑪格麗特卻果斷的打斷她：「我會去表白。」

她語速太快，菲莉亞沒有聽清楚，眨了眨眼。

瑪格麗特定了定神，這才認真的重複道：「這一次，我會去表白……等再回到王城的時候，我就去找他。」

——不能再拖下去了，因為遲疑和猶豫，造成的誤會會越來越多。

瑪格麗特閉上眼睛，深呼吸一口，再睜開，便是滿眼堅定。

馬丁心神不寧，已經好幾天了。

他不知道瑪格麗特會在什麼時候回來，當時就沒有定下具體的歸程，只看她什麼時候散好心。

▶◇◀◎▶◇◀

最近幾日，馬丁工作結束後，都會特意繞路經過瑪格麗特的家，即使已經有意克制，視線仍然不自覺的在她的窗前駐留許久，隱隱希望能夠看到她的身影。儘管知道碰到瑪格麗特的機率很微小，他心裡那份無法言說的期待只不過是無謂的幻想，卻仍然止不住這麼做。

仔細想想，問清楚報紙上的事又有什麼意義呢？

瑪格麗特將來肯定要結婚，她的結婚對象應該是和她一樣出色又高貴的人物，即使不是三王子，也會是其他人。

他只不過是小時候曾經救過她一次而已，而他的身分頂多就是朋友的兄長，沒有任何特殊的含意。馬丁嘆了口氣。

此時時間將近黃昏，橙色的雲霞染紅了大半邊的天空。馬丁看到眼前熟悉的建築，愣了愣，這才發現自己在明明準備放棄後，又習慣性的再次走到威廉森公爵的府邸前。

瑪格麗特房間的窗戶照例是緊閉的，從路邊隱隱約約能看到輕飄飄的淺粉色窗簾。這不太像是瑪格麗特的品味，或許是她的父親為她挑選的。

大概是貴族區的關係，路上的人一向很少，安靜到讓人心悸，今天尤甚。

馬丁不自覺的苦笑了一下，他知道今天的自己又做了愚蠢的事情，於是抬起步伐，準備離開。

「……馬丁……先生？」

忽然，背後離得很近的地方，竟然傳來了他無法忽視的聲音。

馬丁詫異的回頭，居然真的看到了被一位魔族女僕拉著手帶到這裡來的瑪格麗特。

瑪格麗特喊著他名字的聲音，聽起來十分生澀，還有點不自在。馬丁也覺得被瑪格麗特稱呼為「馬丁先生」有點怪怪的，但仔細一想……

瑪格麗特每次和他說話都會盡力避開稱呼名字，她本來就不善言辭，想喊他又喊不出來的時候，就會漲紅著臉站在一邊不知道該怎麼辦。

因為有個非常害羞的妹妹，馬丁對待不善於表達的人一向比較有耐心，也知道該怎麼做較恰當。一般來說，他會微笑著主動問她怎麼了，讓對方能鬆一口氣。只是這樣一來，瑪格麗特直呼他名字的次數的確比較少了，於是從她口中聽到自己名字的一剎那，馬丁的心跳幾乎停了一下。

看到馬丁，瑪格麗特顯然也十分驚訝。她那雙漂亮的藍色眼睛微微睜大，裡面蕩漾著清澈的光芒，相較於平時的面無表情或嚴肅模樣，此時的瑪格麗特看起來居然有幾分手足無措的樣子。

她剛從魔王城堡回來。歐文不可能每次都親自護送他們，所以大部分時候都是安排魔力比較好的僕人或城堡守衛。比如今天，她是被女僕送回來的。

此時，送瑪格麗特回來的女僕敏銳的察覺到微弱的羅曼蒂克氣氛，於是她活潑的眨了眨眼，沒有戳穿，轉頭對瑪格麗特笑道：「瑪格麗特小姐，我已經按照魔王陛下的吩咐將您安全送回家了。如果沒什麼事的話，我就回去覆命啦。」

被馬丁分神的瑪格麗特聽她這麼說，連忙慌張點頭。女僕瞭然的笑了笑，瞬間就消失在原地。

這下子，空蕩蕩的街道上就只剩下瑪格麗特和馬丁兩個人了。

瑪格麗特心臟跳動的速度變快了。或許是因為她剛剛對菲莉亞說出決心，下次和馬丁見面就表白的關係，她感到身體的溫度比平時升得更快、升得更高，一下子就到了讓她渾身燥熱僵硬的地步。

瑪格麗特只是想回家換衣服，總不能以這樣在森林裡將就穿了好幾天的鎧甲並且剛揍過王子的裝束去見馬丁。但瑪格麗特怎麼都想不到馬丁此時就在自己家門口，若知道的話，她無論如何都會讓女僕將她直接送到房間裡去，要是可以的話，最好還有充足的時間洗個澡，再換一身乾淨漂亮的衣服……

像現在這樣的情況，簡直不能更糟糕了。

瑪格麗特不可能不知道自己現在頭髮毛糙凌亂，因為剛打過架的關係身上髒兮兮的，說不定還有臭汗味……

想到這裡，幾乎是下意識的，她便朝遠離馬丁的方向退了一步。

見到瑪格麗特的小動作，馬丁不禁無奈的苦笑。

難道說……她其實很怕他嗎？也對，菲莉亞小時候也對那些比她年長幾歲的人感到害怕和生疏……而且，他出現在這裡的情況實際上很不自然。

果然，他聽到瑪格麗特慌張道：「……你，怎麼會在這裡？」

「……工作結束了。」馬丁努力的保持平靜和鎮定，像往常一樣微笑著說道，並舉起手裡的工具箱證明自己的確是剛剛從工作室過來，「我現在正要回家。妳今天剛從城郊森林回來嗎？」

他並不想結束和瑪格麗特的對話，因此故意找新的話題來聊。

瑪格麗特卻遠比她外表看起來的更緊張，於是不太自然的用力點了點頭。

算起來的話，她的確是中午才從城郊森林回來的，只不過短短一個下午的時間，她已經把海波里恩和艾斯的兩座宮殿都跑了一趟。

「是嗎？」話題進行不下去了，馬丁知道自己找了個錯誤的突破口，遺憾道：「那麼，我回去了。下次再見吧，瑪格麗特。」

瑪格麗特瞳孔微微一縮，她慌忙的張開嘴，想問的話幾乎要脫口而出——

——等等！你為什麼會在這裡？為什麼會出現在離工作室和商業區這麼遙遠的這裡？是特意繞路來的嗎？

「再、再見。」終於，瑪格麗特說。

馬丁對她友好的笑了笑，準備轉身離開。

「那、那個！」瑪格麗特又後悔了，連忙叫住馬丁，但是她最想問的話又在嘴邊打了個轉，換成另一個話題，「……你看過……之前的報紙了嗎？」

馬丁腳步一頓。不用細問，他也知道瑪格麗特說的是哪一份。

「抱歉，我看到了。」馬丁說。

「……那不是真的。」瑪格麗特盯著馬丁那雙淺到幾乎是金色的眼睛，使勁說出口。

儘管大概知道肯定是子虛烏有的消息，但從瑪格麗特本人口中得到應證，馬丁還是鬆了口氣，沉重的身體彷彿一剎那輕盈起來，他臉上的笑容也不自覺的真心了很多。

「我知道。」馬丁微笑道，只是這一次他是真的心情很好，「理查王子……就是上次在宮殿花園裡遇到的那個男孩吧？妳不喜歡他，是嗎？」

瑪格麗特點了點頭。聽到馬丁的答案，她心中的大石終於落下。

兩人之間的氣氛又沉默下來，每一秒鐘似乎都被無限延長，他們彷彿相對無言很久，久到瑪格麗特不自覺的擔心馬丁又準備提出要離開了，她重新鼓起勇氣說道：「那個！可以等我……一會兒嗎？我、我有話想和你說，只要一會兒就好……我先去樓上換一下衣服……」

說著，瑪格麗特的臉頰已經不受控制的紅了起來，幸好漫天的霞光體貼的替她遮掩。

馬丁一怔，旋即笑道：「當然。」

約莫十幾分鐘後，狂奔到樓上房間的瑪格麗特又狂奔下來。她用最快的速度擦洗了一遍身體、換上一身乾淨的衣服，只是頭髮無論如何都來不及洗，只能大致梳理一下，為了盡量減少它的存在感，瑪格麗特將頭髮都紮在了腦後。

猶豫了片刻，跑到門口時，她摘下眼鏡丟到一邊。

視線一下子變得很模糊，但勇氣似乎更加鮮明。瑪格麗特長出一口氣，踏出門外。

「抱歉，久等了。」她忐忑不安的說。

在瑪格麗特成年以後，馬丁還是第一次看她摘掉眼鏡，不由得愣了愣。

瑪格麗特平時最多就是在累的時候將眼鏡取下來揉揉眼睛，因此沒戴眼鏡的樣子實在很少見。聽菲莉亞說，瑪格麗特其實以前很不喜歡戴眼鏡，是後來才習慣的。

想到瑪格麗特竟然也會有因為「不喜歡」而寧可忍受模糊的視野的時候，馬丁嘴角的弧度不由得抬高了幾分。

不過，瑪格麗特並沒有發現馬丁細微的表情。

此時，她的視線一片混沌，只能勉強辨認出對方的輪廓來。在習慣眼鏡後，她已經不像以前那樣擅長完全不依靠眼睛來活動了，因此步伐有些踉蹌，險些被地面上的凹坑絆倒，在她跌倒之前，馬丁連忙過來扶住她。

瑪格麗特跌跌撞撞的落進馬丁懷裡。

雙手隔著衣服觸到瑪格麗特體溫的瞬間，馬丁彷彿被火燒到，心尖一顫，險些慌張的鬆開手。

瑪格麗特的身體柔軟、溫暖，儘管都是女孩子，可她給他的感覺卻和妹妹完全不同。

因為她沒戴眼鏡的關係，馬丁終於鼓起勇氣在這麼近的距離小心翼翼的打量她——瑪格麗特平時披著長髮，因此她將頭髮紮起來的時候，五官看起來更加立體分明，越發顯現出神明對她的寵愛。同時，她褪掉鎧甲，換上便服，輕軟的布料隱隱約約勾勒出她身體的曲線，而馬丁放在她腰上的手，似乎也透過觸感將那些不太看得見的曲線在曚曨中補全……

呼吸不自覺快了起來，為了掩飾自己的侷促，馬丁匆忙的扶起她，鬆開手，用盡量用平穩的聲音問道：「那個……瑪格麗特，妳想和我說的是什麼？」

瑪格麗特也沒想到自己會突然摔倒，而且還被馬丁接住，這個意外的插曲稍微打亂了她的計畫。

定了定神，瑪格麗特抬起頭。

明知對方視力不好，但被瑪格麗特毫不躲閃的視線鎖住時，馬丁仍然不禁產生一種「她看得見我」的錯覺。瑪格麗特好像不僅看得清他的樣子，還能看穿他的靈魂。

忽然，瑪格麗特張開了口，「我喜歡你。」她說：「我喜歡你。」

四周一下子寂靜了。

瑪格麗特將表白的話重複了兩遍，然後臉頰慢騰騰的漲紅，從面頰一直紅到脖子，整個人就像熟透了一樣。儘管看不見馬丁的表情，但她彷彿能透過直覺感受到對方剎那的不知所措和氣氛瞬間的凝固。

對方就在近在咫尺的地方，沒有發出一點聲音。對瑪格麗特來說，馬丁此時是一個靜止不動的色塊，但她能夠在腦海中漸漸補齊他的樣子——他的臉型、他的鼻梁，還有那雙近似金色的眼睛微笑起來的模樣。

瑪格麗特的心臟跳得很快，她無法知道馬丁此時露出了什麼樣的表情。

他很詫異嗎？很無奈嗎？現在正在苦惱怎麼拒絕她才好嗎？

瑪格麗特焦急的等待著，每一秒鐘都拖得像幾百年那麼長。他們之間的寂靜好像持續了很久很久。

事實上，瑪格麗特出乎意料的話語的確讓馬丁的頭腦停擺了好一會兒，那瞬間他甚至有點懷疑自己的耳朵。幸好，在經過漫長的思考後，他終於反應過來瑪格麗特是什麼意思了。

「嗯，我也喜歡妳。」馬丁苦笑著，用溫柔的語氣說道。

但瑪格麗特還沒來得及高興，便感覺到馬丁的手放在自己頭上，輕輕的摸了摸。她能感覺到對方的感情就和他本人一樣的乾淨，不夾雜任何慾望。

只聽馬丁繼續說：「妳對我來說，就和菲莉亞一樣重要。」

仔細想想，瑪格麗特所講的喜歡，應該不是他所想的那一種……馬丁克制著那瞬間幾乎要噴發而出的情感，既無奈又有幾分失落的收回手。

只是他卻說不出不喜歡瑪格麗特或者將她當作妹妹朋友之類的鬼話，只好含糊其辭，盡量不用會讓瑪格麗特有所負擔的說辭。

得到這樣的回答，瑪格麗特的腦內一片空白。

——什麼意思？委婉的拒絕嗎？告訴我他對我只有兄妹之情而沒有愛情嗎？

她僵住了好幾秒，但想到菲莉亞那根奇長的、始終堅持認為歐文只把她當作普通朋友的神經，還有這對兄妹在各種方面都微妙的相似點……

瑪格麗特輕輕咬了咬嘴脣，頓了頓，再次鼓起勇氣，對著不遠處那個並不十分清晰的人影撞過去！

馬丁只不過是一愣神的工夫，瑪格麗特就又撞到他懷裡來了，滿懷的柔軟夾雜著說不清道不明的芳香，下一秒，嘴脣被軟軟的貼住。

然而，這份觸感只持續了短短一瞬間。

瑪格麗特的腦袋熱得快要炸開，她親了一下轉身就跑。但沒跑幾步，她便被人從身後攔腰抱住。

兩個人比平時快上許多的呼吸交融在一起，一時之間誰都沒有說話。

瑪格麗特能感覺到馬丁的體溫很高，高到她覺得這具身體相當滾燙的地步；他放在她腰上的手勒得很緊，甚至到有點難受的地步了。當然，瑪格麗特並不知道這其實已經是馬丁刻意壓制感情、將力量放得很輕的結果。

和身材嬌小的菲莉亞不同，馬丁十分瘦長，比羅格朗先生要高好幾公分，即使是在女孩子裡比較高䠷的瑪格麗特，被抱著的時候也有種渾身上下都被罩住的感覺。

「瑪格麗特……」

忽然，她感覺到有熱氣噴在耳畔，還唸著她的名字。

不知怎的，光是聽到這個聲音叫自己的名字，瑪格麗特就有種渾身發熱的感覺。這種時候她無論如何都無法保持平時那種不苟言笑的神情，如果此時有第三人看到她羞澀到恨不得找個洞鑽進去抱著膝蓋蹲著的表情的話，一定會驚訝不已。

「我、我們到別的地方去吧……」瑪格麗特努力維持著鎮定的口吻。

這裡離家實在太近了，萬一被管家或女僕不小心看到，肯定會通知父親。更糟糕的是，父親如果湊巧從窗戶看出來的話，說不定會親眼看見他們兩個相擁的樣子。

作為一個從小受到嚴厲教育的女兒，瑪格麗特並不是很清楚她的父親強烈到甚至有點偏執的愛女心切，她只是直覺父親對她談戀愛這件事會有所排斥，而且……他對女婿很挑剔。

幾乎是立刻，瑪格麗特就在腦海列出十幾種離家出走和私奔的可行計畫。

這幾年跟著卡斯爾學長去了不少地方、做了不少工作，瑪格麗特知道了不少適合定居的城市。不過……

想到父親說不定會不惜僱傭兵來追她，瑪格麗特又皺了皺眉。

馬丁並不知道瑪格麗特心裡已經羅列出了一大串私奔方案，也沒有看到她在一會兒時間裡就變動了好幾次的表情，只是單純以為她覺得在家門口比較尷尬，於是點了點頭，猶豫一下，終於依依不捨的鬆開了瑪格麗特。

從親密的狀態分開，兩個人都微微有些尷尬。

瑪格麗特撩了撩耳邊的頭髮，盯著地面，慌張的說道：「你在這裡等一下，我回去拿眼鏡。」沒等馬丁回答，她已經飛快跑了回去，沒一會兒又跑回來了。

大概是因為比較急，之前兩個人又把自己弄得比較熱，瑪格麗特身上出了一層薄汗，重新戴上眼鏡之後，或許是因為安全感增強的關係，她的表情冷靜很多，只是兩頰上的紅暈還未消去。

馬丁和瑪格麗特目光對上了一瞬間，然後兩人同時飛快的移開視線。

「妳想去哪裡？」馬丁問。

瑪格麗特推了推由於低著頭而滑下鼻梁的眼鏡，回答：「……河邊吧。」

王城的南面，有一條貫穿王國之心的河流經過。它彙集了從西方高原和南淖灣兩條水域的河幹，是海波里恩最長、水流最大的河，對全國來說是相當重要的水源。而在資源充裕的王城，這條河更變成了休閒景點，並且修建了公園，還開鑿了一條小河道，將水引入國王的後花園。

等馬丁和瑪格麗特走到河邊公園的時候，天色已經有些暗了。星星灑在河流裡，與時時泛起的水花的光芒一起閃爍著，略有幾分浪漫的情調。

兩人一路都沒怎麼說話，只是不知道什麼時候彼此試探著牽起了手。在秋天微涼的夜晚空氣中，他們依憑掌心的溫度漫步至此。

他們沿著河邊鋪著石板的路慢慢走著，大概沉默了足足有五分鐘。終於，馬丁主動開口問道：「瑪格麗特妳……真的要選擇我嗎？」

照理來說，馬丁其實不必如此猶豫。現在他的父親羅格朗先生的生意正處在上升期，眼下形勢一片大好；母親安娜貝爾儘管在護衛隊裡年紀不算小，但涉及到菲莉亞那邊的外交因素，誰都沒辦法把她降職或者讓她退役，且安娜貝爾本身的能力就很難找到代替者，在約克森女士的教育指導下，她在隊裡的處事風格亦老練很多，目前看來仍然前途無量；更別提他還有個作為魔后的妹妹。

馬丁乍一看平凡低調，可其實在王城裡無論如何都不能算是普通居民。

但……馬丁直到十四、五歲都在南淖灣過著相當平凡的日子，習慣了慢節奏又悠閒踏實的生活方式。如今雖然算是接納了王城，可對於大城市時尚浮誇的那一面，他始終有些格格不入，因此他平時很少與人交往，甚至和身分明顯提高了幾個檔次、不時必須出入高檔場所的父母都有些疏遠了。

馬丁進入王城之後，唯一關係始終保持親近的只有菲莉亞。他的妹妹身上有一種奇怪的特性，彷彿不因環境的變化而改變自身。不管在艾麗西亞、冬波利、王城還是艾斯，菲莉亞好像始終都是菲莉亞，她在哪裡都可以適應新的生活，但又不會因為自己身分的提升而變得傲慢或者迷失。

在馬丁看來，這正是菲莉亞身上相當珍貴的包容和自我清醒的一面。他在妹妹身上感受到一種在其他地方體會不到的不變的安全感，他自己做不到這一點，所以很羨慕菲莉亞。

他始終沒有真正融入王城這個地方。

而瑪格麗特不一樣。瑪格麗特是一個土生土長的王城人，她從小的生活方式會深入骨髓的影響她。

誠然，馬丁能從瑪格麗特身上感受到性格上的共鳴，但他知道他們在許多方面都不可能合拍。再加上兩個人都不善於表達，他們之間會有的矛盾，說不定比看似差距很大、但衝突總能被化解的菲莉亞與歐文更多，馬丁有時會有點無奈的覺得那對夫妻沒準兒會永遠處在熱戀中。

他無法不去擔憂瑪格麗特後悔的可能性。

在星夜之下，被冷風一吹，瑪格麗特臉上的紅暈已經不像之前那麼明顯，她紮起的紅髮被風吹起，她的皮膚泛出月牙色的皎白……在馬丁看來，她的美麗簡直不像是這個世界的人應該擁有的。

聽到他不太確定的問話，瑪格麗特轉過了頭。

她並不是個輕易就會被沖昏頭的人，從小視力上的缺陷不僅使她生理上的其他感官異常發達，同時也造成她心理上的分外謹慎。馬丁會想到的那些事，在漫長單戀等待的時光裡，她也全部都考慮過了。老實說，她並沒有全部都能輕易應對的自信，但是——

「我想試試看。」瑪格麗特望著他的眼睛，堅定的說道：「不試試看是不會知道的……而且，我想和你在一起。」

馬丁的瞳孔微微睜大。瑪格麗特的目光認真而專注，不過……最令他想不到的是，僅僅只是她的一句話而已，竟然就能讓他安心到這種地步。

「謝謝妳……」馬丁溫柔的微笑著，「我也……想和妳在一起。」

不知是誰先邁出了第一步，月光下，兩人的身影漸漸靠近，最後，緊緊相擁。

▶◇◀◎▶◇◀

「瑪格麗特，傍晚跟妳一起出去的那個男人是誰？！」

等回到家的時候，瑪格麗特迎上的就是一直等著她的父親鐵青的臉。

威廉森公爵的臉色從來沒有這麼難看過，瑪格麗特甚至覺得自己能夠數清楚他臉上爆出的青筋。

幸好瑪格麗特對可能出現的狀況多少有所預料，比如馬丁本來要把她送回家門口的，但是走到轉角，她就理智的讓他走別的路回去了。

瑪格麗特定了定神，她是相當認真的，因此也沒打算隱瞞，直接回答：「男朋友。」剛上任的。

瑪格麗特沒有說出馬丁的名字，因為如果直說的話，會給馬丁惹上麻煩。她打算先讓父親適應一下，等父親差不多接受了，再讓他們兩個見面。

瑪格麗特說話時的聲音並不小，以至於周圍的傭人們都忍不住往這裡看了幾眼，還小心翼翼的窺探著威廉森公爵的臉色。

公爵的內心當然是崩潰的，感覺自己受到了前所未有的巨大衝擊。

——小瑪格麗特竟然真的開始談戀愛了！我還以為她多少會掩飾一下呢！想不到竟然光明正大的說出來了！

——嚶嚶嚶，小瑪格麗特連瞞都不準備瞞一下！她是不是根本不在乎爸爸的感受！QAQ

於是威廉森公爵猛地一拍桌子，「不行！妳才多大，怎麼能談戀愛呢！」

——還有快告訴我是哪個混小子！我現在就去把他宰了！

二十一歲的瑪格麗特：「……」

見女兒不回應，威廉森公爵便在腦中飛快搜索著所有可能勾引瑪格麗特的壞小鬼。上午剛被她打了一頓的三王子肯定是要排除了，老實說威廉森公爵也一直提防著在輿論裡總和他女兒一起比較的卡斯爾．約克森，不過卡斯爾最近不在王城，而且如果是他的話，傭人肯定會直接說……那麼也就是說，拐跑小瑪格麗特的是聽都沒有聽過的混小子了！

眼看威廉森公爵氣得鬍子都要燒起來，傭人們都很緊張，彼此面面相覷，不知道大小姐要怎麼收場。

瑪格麗特頓了頓，緩緩抬起頭，直視著威廉森公爵的眼睛，一字一字有力的說道：「父親，拔劍吧。」

「——？！」

「我向你證明我這些年的成果。」

瑪格麗特知道自己不善於言辭，讓她用說的來表述自己的感受是辦不到的，索性用行動來得更直觀。

威廉森公爵本身也是冬波利畢業的，雖說畢業後同樣沒有從事和勇者有關的工作，但因為自身喜歡的關係，劍術並沒有荒廢，再加上他本人有點急躁的性格，平時沒少用決鬥解決問題。

當然，瑪格麗特並沒有什麼惡意，更沒有傷害或威脅威廉森公爵的意思，她只是希望父親能夠從她的戰鬥裡，感覺到她認真的感情和決心。況且，「無法用語言表達的話，就用妳的劍來表達心意」這件事本身就是威廉森公爵教給瑪格麗特的，她從小比起說話，更擅長直接行動。

然而威廉森公爵此時顯然已經忘了自己以前是怎麼教育不愛說話的瑪格麗特了，他現在只感覺心臟碎成了一片一片——小瑪格麗特竟然為了一個男人要和他決鬥！一個男人！一個來路不明、不知道是什麼鬼的男人！！！

威廉森公爵感到胸口中了好多箭，好想馬上抱著老婆哭一會兒。

於是，從瑪格麗特的視角看來，她父親的臉色越來越黑了，彷彿一座即將爆發的火山。

威廉森公爵沉著臉，一字一字說：「我不會和妳決鬥的。」萬一輸了豈不是真的要同意他們交往了？！

「而且，妳還沒有向我拔劍的資格。」不小心傷到瑪格麗特的話，肯定會被討厭。QAQ

「現在妳馬上給我回房間去！」都快九點半了，小孩子再不睡對身體不好。

瑪格麗特：「……」

父親好像正在氣頭上的樣子，瑪格麗特決定等他冷靜下來再說，實在不行的話，還可以求助更穩重一些的母親。這樣一想，瑪格麗特心裡不安的情緒便少了些，她朝父親略微鞠了一躬，便飛快跑上樓。

一陣「噠噠噠」的上樓聲安靜下來後，瑪格麗特的背影消失在樓梯末端。威廉森公爵一直因為怒火中燒而抬高的肩膀總算放下來。周圍的傭人們見公爵和大小姐的對峙終於結束，紛紛鬆了口氣，繼續著手做自己的工作，留下公爵先生獨自在原地悲傷的覺得全世界只有自己一個人。

——小瑪格麗特……唉，小瑪格麗特真的戀愛了……QAQ

威廉森公爵心臟的血都要流乾了。

如果不把和瑪格麗特交往的那個不曉得從哪冒出來的男人弄清楚的話，他恐怕無論如何都無法心安。

「看來，有必要調查一下了……」

第五章 奇蹟大陸降臨

要調查平時常常被記者糾纏、反追蹤能力很強且戰鬥力爆表的瑪格麗特並不是一件容易的事，即使是作為父親的威廉森公爵都不得不耗費一番腦筋，一時難有進展。

時間一天天過去，秋天慢慢轉涼，轉眼間，艾斯迎來了漫長的黑夜，海波里恩也飄起了雪花。當冷空氣重新自北向南恣意遊蕩的時候，冬季再次降臨了整塊大陸。

這是菲莉亞作為魔后在艾斯過的第一個雪冬節。

魔族對雪十分狂熱，和西方高原居民因為見慣了雪而對景象麻木大不相同，魔族將冰雪視作他們生存的資源和魔力的來源，因此每年雪冬節都會大肆慶祝。儘管菲莉亞對此早已有心理準備，但是真正見到當地居民在雪冬節的喜悅程度，還是有點超乎想像。同時，她作為魔后必須主持的儀式的複雜程度也令她感到震驚，最初的一個星期過後，就算是擁有過人體力的菲莉亞，都不禁覺得十分疲憊了。

當然，陪她一起累的還有歐文和德尼祭司。

德尼祭司休養這麼多年，總算恢復得差不多，從今年開始重新參與雪冬節的祭祀活動。儘管艾斯裡真正對宗教保持著虔誠信仰的魔族早就不多了，但每年祭祀雪山雪原和赫卡忒女神早已成為傳統慣例，因此還是要進行。

最後一天儀式後，菲莉亞終於可以鬆一口氣了。

「妳想不想去冰城的集市逛逛？」歐文看著菲莉亞一副「終於結束了」的樣子，不禁覺得她十分可愛，溫柔的親了親她的額頭，微笑道：「艾斯的集市在雪冬節都不休假的，所以那裡特別熱鬧，還會有慶祝活動。」

儘管都是雪冬節，但艾斯和海波里恩的節日開始時間是不同的。海波里恩是從王國之心降雪的第一日開始算作雪冬節，而艾斯的雪冬節則是從冰城極夜開始的第一天計算，一直到三個月後極夜結束為止。而且因為雙方生活方式不同的關係，魔族的雪冬節更傾向於慶祝、感謝自然、努力工作，而不是休息，因此假期比較短、集市不休假，但節日氛圍持續的時間比較長。

菲莉亞想了想，點了點頭。

她前段時間一直在海波里恩做外交工作，之後又開始準備雪冬節的儀式。且結婚前在艾斯住的那一年雪冬節，她跟著歐文四處去拜訪艾斯北方的貴族，相當繁忙，完全沒有機會體驗節日氣氛。這麼算起來，她好像還從來沒有好好逛逛冰城的集市，尤其是雪冬節的集市。

不過，菲莉亞遲疑了幾秒，又問：「你明天有空？」

「唔……傍晚之後應該有空。」歐文考慮了一下，愧疚說：「抱歉，菲莉亞……在那之前，如果妳願意的話，可以自己先去看慶典，找瑪格麗特、德尼夫人或者女僕陪妳。」

到年關，歐文和整座城堡的大臣都相當忙，他們有很多年度總結和來年計畫要做，尤其是今年和人類的關係改善了，簽訂不少合約，需要考慮的事情更多。

相較之下，菲莉亞就比較空閒一些，最近也沒有什麼魔族的貴族拜訪需要她來接待，所以可以休息幾天。

儘管稍微有點失望，但是歐文傍晚之後能抽出時間已經比平時好了。於是，菲莉亞考慮了一會兒，覺得不能讓歐文太為難，故理解道：「沒關係的，在那之前我自己帶人一起去就好了。」

歐文不得不感動菲莉亞的寬容和善解人意，俯身吻了吻她。菲莉亞坦然接受了這個吻，親了好一會兒才和他分開。

然後，菲莉亞便開始考慮邀請一起逛集市的人選。

前段時間，她已經被告知瑪格麗特和哥哥開始談戀愛了。菲莉亞雖然吃驚哥哥居然也喜歡瑪格麗特，但亦為瑪格麗特高興。然而，因為威廉森公爵好像很反對瑪格麗特這麼早開始談戀愛的關係，他們暫時還沒有告訴其他人，有點偷偷摸摸的，算是地下情。

瑪格麗特為了不被自己的爸爸發現，平時很小心，和哥哥見面的次數也比較少。可他們畢竟在熱戀中，難得雪冬節放假，等開春瑪格麗特又要跟卡斯爾滿世界工作了，她肯定比較希望盡量將時間放在戀人身上，菲莉亞恐怕暫時不便打擾。

至於德尼祭司和女僕……菲莉亞和城堡裡大部分的女僕都相處得不錯，德尼祭司也意外的十分喜歡她。但女僕們多半對她比較恭敬，一起出去玩的話她們大概會相當拘謹。至於德尼祭司……她最近正在閉關預言，不喜歡被打攪。

想來想去，菲莉亞覺得自己還是一個人去集市比較好。

▶◇◀◎▶◇◀

平凡的一夜過去，第二天，冰城下著小雪。

這點雪對魔族來說沒有任何影響，反而更像是女神的恩澤，因此街上仍然魔來魔往，相當熱鬧。

毫無疑問，如果一點都不遮掩的走出去的話，菲莉亞的外形特徵在冰城的街上將會十分醒目，儘管艾斯和海波里恩的旅遊路線已經在規劃之中，但到具體實施還沒有那麼快，目前滿滿一條街的魔族裡只有她一個人類，偶爾碰到幾個人類商人已是稀奇。再加上菲莉亞常常出席活動，大部分的本地居民都認識她，不用想都知道她是魔后，這導致她獨自走在路上的時候經常會被圍觀，遠沒有在很少露面的海波里恩方便，所以菲莉亞在艾斯的時候其實很少出門。

雖然冰城的居民大多數很友善，知道她是人類也沒什麼惡意，菲莉亞在買水果的時候可能還會被多送幾顆蘋果，但不管善意或惡意，她出門被圍觀基本上是免不了的。

於是，為了稍微輕鬆自在一點，菲莉亞披了個魔法師常用的黑色斗篷，並且用大大的帽子蓋住頭，遮掩住頭髮的顏色。這樣一來，一般魔族都會下意識的將她當作還沒有發育完全且魔力天生比較弱的魔族青少年，只要她不抬頭，就不會暴露，馬上低調了很多。

天上下著小雪，不想撐傘的魔族都戴著帽子，菲莉亞混跡在其中並不奇怪。

雪冬節期間的集市果然很熱鬧，從街頭到街尾都是濃郁的節日氛圍。菲莉亞饒有趣味的轉了幾圈，等到稍微有點疲憊，抬頭看了眼遠處的鐘樓，才發現時間竟然已經快到中午。

艾斯正處在極夜裡，氣溫和光影明暗都是靠魔法維持，變化比較小，因此不太能感覺得到時間的流逝，菲莉亞愣了愣，這才發現肚子也開始餓了。

幾分鐘後，菲莉亞進了一家偏僻的家庭餐廳。

看到門口進來一個渾身包得很嚴實、頭頂還覆著雪的小個子，店主先是怔了怔，然後才發現是菲莉亞，連忙尊敬的朝她點了點頭。

菲莉亞趕緊點頭回應，然後找了個角落的位置坐下。

這是德尼夫人的朋友開的店，店主是個能力比較弱的預言師，平時這裡主要是做占卜，餐廳只是閒暇之餘的副業，更類似於店主個人的興趣愛好，所以店裡裝潢得很奇怪。這導致了明明是吃飯時間，店裡卻沒什麼人，不過，對不想惹麻煩的菲莉亞來說，這家店無疑是個適合她的地方。

眼下只有她一個客人，菲莉亞的餐點很快就來了。她才剛吃了幾口，一直保持著安靜的門鈴忽然隨著門的開啟而響了起來。

「歡迎！」一下迎來兩個客人，店主有點興奮，「您要用餐還是占卜？」

進門的竟然也是個小個子，和菲莉亞差不多的身高，同樣穿著黑色的斗篷，看不到一絲外露的皮膚。

猛地聽到問話，對方似乎抖了一下，接著，斗篷底下傳來蒼老沙啞的聲音。

「用餐。」

說完，這位客人便低著頭往裡面走，似乎想坐到離門最遠的位置。然而，他走了幾步，卻在轉角處看到坐在最不起眼位置的菲莉亞，雙方毫無徵兆的對上目光，都呆了一下。

菲莉亞尤其吃驚。

這位新進來的客人極其衰老，遠比菲莉亞先前聽到聲音想像的年紀還更老，他滿臉都是密密麻麻的皺痕，一條皺紋疊在另一條上，看上去像乾旱時龜裂的土地；滿嘴灰白的鬍子，兜帽下掉出的幾縷頭髮也是同樣被歲月奪取光澤的慘白。另外，菲莉亞不得不注意到，剛才對視時，對方看過來的那雙眼睛並不是冰城居民該有的紅色，卻也不像是普通的人類。

他的一隻眼睛戴著眼罩，另一隻眼睛則是青綠色的，這在人類中雖然稀有，卻不算完全絕跡，按理來說菲莉亞不必太在意，但這個人露出的眼睛卻給她一種極其不舒服的感覺——那麼年邁的一張臉，卻有一雙那麼晶亮年輕的眼睛。而且這雙眼睛的光澤也令菲莉亞覺得詭異，它們映照著燈光、桌面和地板，卻十分空洞，瞳孔很大，彷彿這不是一雙眼睛，而是有層次的玻璃球或者弧形鏡面或者別的什麼東西……

——怪異。

這是菲莉亞腦海裡閃過的第一個詞。配上店主為了配合占卜故意布置的店面裝潢，她背後突然劃過一股涼意。

然而沒等菲莉亞反應過來，那個獨眼老人已經後退兩步，快速在另一邊的桌子背對著菲莉亞坐下。和他那一嘴白鬍子相比，他的背影簡直纖細到不可思議，動作亦敏捷得出奇。

菲莉亞低頭吃飯，但吃了一會兒，又忍不住抬起頭來盯著對方的背影。儘管知道這絕非禮貌的淑女應有的行為，可是菲莉亞實在很難不在意他。

她已經很久沒有在冰城碰見人類了，而這種年老的人類更是一次都沒有遇到過。更何況那位客人本來就給人一種不舒服的感覺。

——反動分子？守舊派？

菲莉亞緊張的猜測著。她還知道在海波里恩有一批對人類和魔族友好建交不滿的極端種族主義者，這批人人數不算太多，但主要以一些接受老式保守教育的年長者為主，他們之中不少人性格十分激烈，甚至揚言要親自扛刀殺光魔族。

菲莉亞的腦中飛快閃過種種懷疑，不禁開始疑惑這麼奇怪的人為什麼沒有被城裡的守備盤查。她有些猶豫是否要馬上返回城堡通知歐文，或者保險起見自己先上前詢問一下。

她帶有一把不起眼的小匕首，本來只是以防萬一，現在卻不得不特意放到了容易拿出來的地方。菲莉亞早就對自己的力量有所認識了，如果是她制服不了的對手的話，大概換其他魔族來也沒什麼用。

然而，這時候，那位客人自己站了起來。

趁菲莉亞發呆的工夫，他竟然坐到了她對面，菲莉亞略略吃驚。另外，不知是不是錯覺的關係，她察覺到對方的動作有些說不出的奇怪，好像不怎麼自然。

「──人類？」對方拖長了聲音問。

菲莉亞一怔，遲疑片刻，還是點了點頭。

「來北方以後，我還是第一次在這裡見到妳這樣的人類。」奇怪的客人用意外平穩的語氣說道，「小女孩，妳怎麼會在這兒？不害怕嗎？」

菲莉亞：「……？」

這話應該她來問才對吧。之前她和歐文的婚禮鬧得整片大陸都在關注，難道竟然還有身在冰城卻不知道她是魔后的人嗎？

說起來……菲莉亞眨了眨眼，之前這個人說的話比較少，她沒有聽出來，直到剛才他說了幾個長句子，菲莉亞才發現他的嗓音偏細，不看外表的話，說不定會認為這是個老太太。

菲莉亞對對方的問題沒反應過來，因此沒有回答。

他看她也是一副不想引人注目的樣子，便體貼的不再追問，轉而問道：「我可以怎麼稱呼妳？假名也可以。」

沒想到對方會問她的名字，還直接同意用假名，大概是誤以為她是混進艾斯來的吧。出於謹慎，菲莉亞下意識就覺得不該說真名，但一時半會兒讓她想一個假名出來又很難。她考慮一下，反正她本來就很明顯，對方只要有心打聽，馬上就會知道她的真名和身分，於是乾脆道：「……菲莉亞。」頓了頓，「你呢？」

「我的名字倒不是什麼秘密，只是比較長，而且比較生僻，恐怕不太好記。」說著，他居然笑了一下，活動的肌肉牽扯著所有皺紋都變了位置，讓那張怪異的臉稍微親切了一些，甚至讓菲莉亞產生了「很像鄰居家老爺爺」的錯覺。

他說：「……妳要是想叫的話，叫我普林吧。」

這並不是個常見的名字，菲莉亞咀嚼了一下，正要開口稱呼他，店主剛好準備好吃的東西端過來了，見他們在聊天，顯然有些驚訝。

普林則飛快低下頭，等店主走了才重新抬起來。

「你是魔法師嗎？」菲莉亞在他低頭的時候看到他藏在斗篷底下的一根舊魔杖，試探的問道。

「魔法師？」對方一頓，過了一會兒，他才意識到菲莉亞是看見他帶的魔杖。

奇怪的老人將魔杖從斗篷下拿了出來，在菲莉亞看來，這根魔杖說不定和它的主人一樣老。老人的左手也滿是褶皺，老樹皮一樣的手端著四處起毛的魔杖，玻璃球一樣的獨眼裡看不出什麼情感。

良久，他才重新開口說道：「我不是魔法師。妳想要的話，這根魔杖送妳也可以。很稀奇吧？現在……已經沒什麼人會做魔杖了。」

菲莉亞：「……？？？」

魔族不需要藉助媒介使用魔法，魔杖只是輔助用，街上會隨身帶魔杖的確實比較少，但在海波里恩，不管是帶魔杖的人還是做魔杖的人都很多。

雖然越聽越覺得奇怪了，但是想到對方年紀大的關係，菲莉亞並沒有太往心裡去，反而說著說著越來越覺得對方好像是個和藹的人，不禁為自己先前的懷疑而愧疚。菲莉亞連忙拒絕道：「不，謝謝……我也不是魔法師。」

「是嗎？不是啊。」老人喃喃道。將魔杖收回去，然後用之前拿魔杖的左手拿起餐具，稍微擺弄了一下，才吃力的開始吃東西。

老人的食量很小，一邊吃一邊和菲莉亞聊天，吃了沒幾口就不再吃了。

停了一下，他忽然問道：「妳今年多大了？」

儘管已經基本上確定對方沒有惡意，但菲莉亞對這種突然冒出來的問題還是稍微有些戒心，她頓了頓，才答：「……二十歲。」不過再過一陣子就要過二十一歲的生日了。

「……那還很年輕啊。」老人輕聲道，接著又說：「既然妳都來北方了，最近，就暫時不要回去了吧。」

「為什麼？」菲莉亞莫名其妙的問道。她覺得這個老人的思考很跳躍性，有時候前後兩句話並沒有什麼關聯。這樣的人……一個人在艾斯沒有關係嗎？

——等等，他是不是年紀太大，然後不小心從風刃地區之類的地方走過來的吧？！Σ(っ゜Д゜;)っ

菲莉亞心頭一跳，正要詢問，卻發現對方已經站起來，準備離開了。

「那個——普林先生？請等——」

菲莉亞慌忙的跟著站起來，可對方一個老人步伐竟然十分矯健，她剛跟著繞過轉角，只聽門口的鈴鐺「鐺鐺」響了兩聲，普林已經不見了。菲莉亞連忙開門，卻見外面魔來魔往，哪裡還看得到那個老人的影子。

反倒是菲莉亞出來後沒注意要戴上帽子，一對母女看到她，驚呼了一聲「魔后」，於是她迅速被魔群團團圍住了，一大群魔族圍成的牆，任憑菲莉亞跳起來也看不出去。

「……為什麼嗎？」這時，走到另一條小巷轉角的老人步伐一頓，喃喃自語了一句。

大概是因為……有一個失去故鄉、孤獨在外徘徊了萬年的種族，終於做好了復仇開戰的準備。

她並不是主戰派，只不過她既不準備阻止、也沒有權力阻止這一切。她只是藉著滿載硝煙的先鋒船，隨著其他過來試探的人一起重回這一片她曾經熟悉的故土而已。她只是想要再

看一眼西方那座可能早已成為廢墟的高塔……

老人嘆了口氣，理了理衣襬，遮掩住黑袍下嵌滿螺絲的腿，漸漸消失在黑暗之中。

▶◇◀◎▶◇◀

在距離海波里恩和艾斯所在的大陸兩千公里外、人類和魔族都探索不到的海域上，有一座用金屬堆砌而成的島嶼。

不過，說是島嶼也並不十分恰當，那其實是一艘巨船。它穩穩停泊在海面上，鋼鐵鑄造而成的甲板平坦猶如陸地。平地上色彩單調的高樓鱗次櫛比，放眼望去便是一片銀白與鉛灰交錯著樓林，平地浮起的四邊則布滿黑洞洞的炮筒，隱隱還能聞到火藥的味道。

然而，縱使表面上船隻已經宛如一座島嶼，實際上甲板以下還別有乾坤。要將如此巨大的船整艘浮在海面上，底下自然有龐大的空心層。空心層被建築成蜂巢般的模樣，一個個鏤空的空間裡丟放著大量的火器和新型兵器，同時，還有少量區域劃分給維護工人和貧窮的底層人民。

儘管空間利用率已經高到一個匪夷所思的境界，但這艘巨船仍然保持航行的能力，它能在幾個月前穿越將近半個海洋重新回到大陸上。這是矮人用千萬年的執念和復仇之心鑄造的軍艦和海上堡壘，是他們在沒有任何一絲土地的浩瀚海洋中唯一的棲身之所。

矮人們將這艘船稱為「奇蹟大陸」。

「陛下，出去探查過的人都回來了。」

「……那麼，我怎麼沒有看到普林？」

矮人國王坐在石頭雕刻的王位上，他的皮膚偏深，眼神銳利，短小的身材使他乍一看很像一顆敦實的馬鈴薯，然而馬鈴薯的身上並不會有那麼沉重的殺氣。

「普林大人她……」過來彙報的士兵一時無言，「她……她並沒有回來。」

士兵的話音一落，國王的拳頭就狠狠落在石椅的扶手上，發出可怕的「砰」的一聲。

矮人的身材四肢都很短小，因此頭部、手掌和腳掌就顯得特別大，而且他們的皮膚從出生起就像樹皮一樣粗糙，不管是以人類還是魔族的審美來看，矮人都算不上是漂亮的物種，或者說正好相反，他們相當奇形怪狀。

「——為什麼？」矮人國王咬牙切齒道：「你們為什麼不把普林強行帶回來？！難道你們不知道，最初就是她第一個去接觸了人類，就是她！將災禍引到了整個種族——」

士兵彷彿能夠感覺到國王的怒意從他頭上猛地掠過，他被嚇得不敢說話。

當初，讓普林登上先鋒船是七個長老中的四個一起通過決定的，長老會的權力凌駕於國王，當國王的一項決策被多數長老駁回時，它的任何內容都不能被通過。同時，當長老會在特殊情況下強行通過一項決策的時候，國王無權反對。當初普林是通過議事院直接上訴長老會申請登船的，並取得了四名長老的同意，她和其他士兵不一樣，行動權完全掌握在自己手中，其他人無法干涉。何況……

以普林的身分，也沒有矮人敢干涉她。

矮人是很矛盾的種族，他們始終追尋著礦石和木頭中的真理，追尋著嶄新的運用方式，卻又在生活傳統上墨守成規，極其頑固而不知變通。所有的矮人都必須尊重年長者，因為他們創造了矮人的今天，因為他們擁有更豐富的知識和更精湛的技術。而且，如果要比年紀的話，絕對沒有人比普林更老了。

按照矮人的傳統，以她的資歷足以進入長老會，而且應該擔當最有話語權的執杖長老，但是普林卻拒絕了。她幾個月前才剛剛從數萬……或許是數十萬年的冰封中甦醒過來，即使在矮人族裡，她也是個爭議很大的傳奇人物。

她是讓矮人的技術跨越了物理界限、真正登上巔峰的傳奇工匠。

同時，她也是最初將矮人和人類牽扯在一起的禍源。

她甚至沒有向自己的族人公開過她全部的秘密，在數十萬年前，普林竟然就擁有能將自己封存在國家研究所的地下這麼多世紀的能力，連那場留在陸地上的矮人自殺式的爆炸都沒有影響到她。

建造國家研究所是普林一手推動的，現在想來，恐怕她當時就有冰藏自己的打算了。沒有矮人具體知道普林身上發生了什麼，他們只知道普林和一個後來被譽為魔法之祖、名為傑克．格林的人類流浪漢一起旅行，等她一個人回來的時候，已經擁有了世界上最可怕的技術。

那大量跨時代的技術中，最可怕的一樣，無疑是魔杖。

矮人是大陸上唯一無法使用魔法的種族，他們用盡了各種方法，始終就是不行；精靈得到母樹的恩澤，人類則得到了傑克．格林的傳授。傑克．格林在最後一次登上魔法師之塔前一共收了六個門徒，六個門徒又將他的方法傳授給所有擁有天賦的人類。

然而，能製作出讓人類使用魔法媒介的，卻是矮人。因此原本兩個井水不犯河水的種族被緊緊捆綁在一起，但當時，矛盾還沒有顯露出來。

發現魔法的人類很快陷入對魔法的狂熱之中，而矮人則同樣陷入了對全新的鍊金術的狂熱裡。矮人們從來沒有過這麼強烈的「無所不能」的念頭，有了發達的鍊金術，他們對自己無法使用魔法的事便也不甚在意。矮人們埋頭研究，於是在普林「死後」又過了萬年，他們迎來了矮人的黃金時代。

在那個值得紀念的時期，他們建立了矮人機械的理論體系，建造了國家研究所，完成了如今「奇蹟大陸」的雛形「起始號」，甚至還一度試圖建築通天塔。

然後，在起始號離開大陸尋找世界的秘密的時候，矮人們終於迎來了災難。

不再被先天條件限制並且得到了力量的矮人，想要成為整片大陸的統治者。

他們首先拿來開刀的，是一直有利益糾紛且地域上重疊接近的人類。然而，人類並不是他們想像中輕易就能碾死的螞蚱，他們進行了激烈的反抗。最終，人類用魔法和從矮人那裡竊取來的一部分技術取得了勝利。

等起始號上的矮人們沒有發現任何新陸地而失望返鄉時，得到的就是自己的族人早已在多年前就被全部逼死在國家研究所的消息。

他們隱姓埋名，混跡在人群中尋找族人的消息，然而最後，他們找到的唯一一個還活著的族人，是將自己冰封在國家研究所地下的普林。

當然，找到普林比找到其他人還要來得重要的多，於是他們偷偷帶回了她，然後重新回到起始號上，將起始號開到了離人類大陸最遠的海域，並在那裡長久的生活下來，一過又是數個世紀。

他們以魚類、海草和最初帶到船上的幾種植物為食，開採海底的礦產來加固、擴大起始號，並且在船上繁衍後代。經過千年後，起始號終於成為了鋼鐵鑄造的奇蹟大陸。

矮人向來是頑固的，他們對一件事的仇恨可以銘記成千上萬年。

現在，矮人的鋼鐵之城下已經堆滿了炮火，他們終於可以回來復仇了。

王座室裡只有國王和彙報士兵兩個人，在好一會兒憤怒無人回應的沉默中，國王的怒火漸漸平息下來，他捋了捋鬍子，長長嘆了口氣。

「算了，先不管普林那個混蛋。」矮人國王如鷹一樣的目光直視著前方，「你去通知行政官，今晚將草擬進擊的文書提交給長老會，長老會一通過，我們就出發！一個月之內，我們必將掃平整片大陸！」

聽到國王粗獷豪放的宣令聲，士兵的心中亦不禁燃起幾分澎湃，他連忙低頭稱「是」，一邊飛快跑了出去。

單憑一艘船生活在海上千年，矮人經歷了太多風浪和孤獨……

終於，到了一切該償還的時候了。

▶◇◀◎▶◇◀

這個時候，和菲莉亞聊完天的普林才剛剛回到她最近暫時落腳的旅館裡。

她抖了抖身上的雪，僵硬的坐下來，用左手和右手的假肢卸下了支撐著她一路走來的兩條木頭做的腿。

上萬年的冰凍畢竟還是對她的身體造成了巨大的傷害，普林復甦後，能夠使用的只剩下一隻並不怎麼靈敏的左手了。幸好矮人在醫療上擁有的機械技術也已經足夠發達，能夠讓她重新擁有繼續行動的能力。

矮人沒有辦法使用魔法，她只能一步步從他們上岸的最東方的流月地區，走回她想再看最後一眼的魔法師之塔。

普林能夠感覺到，儘管她試圖用冰凍來暫停自己的生命，可實際上，她之前等待的時間實在太過漫長，以至於留給她的，恐怕只剩下最後幾個月……或者幾個星期而已了。

普林抬起頭，藉著一旁那面泛黃的舊鏡子，她看到了自己的臉。

溝壑般的皺紋，從下巴延伸到耳畔的白鬍鬚，失去雙腿使得她原本就短小的身體看上去彷彿只是蜈蚣的一節，非常怪異。她知道自己以其他種族的審美來看，恐怕從來不是什麼漂亮的長相，不過現在似乎更醜了。

人類對矮人的印象，大多是身材矮小、滿嘴大鬍子的小老頭，這一方面是因為矮人在出生率上男性數量就遠遠高於女性，另一方面則是因為……女矮人也是長鬍子的。

矮人在性別上的差異並不大，原本就矮小的身高使得男女矮人之間沒什麼可以相差的餘地，女矮人的工作和男矮人一樣，挖礦、鍛造、冶金……他們一樣粗獷，一樣勇敢，一樣在慶祝後醉醺醺的捶打牆壁和地面，一樣以擁有一把蓬鬆漂亮的鬍子為榮。

普林年輕的時候就擁有族群裡最瀟灑的一大捧鬍子，這是她的榮耀和驕傲，使得喝醉酒後向她表白的男矮人遠比其他女矮人更多。

不過，這些一模一樣的要素好像導致其他種族的人很難區分出他們的性別。

比如……傑克．格林。

第六章 拔劍吧，父親！

當矮人國王將進攻的文書提交給長老會審批，而另一個只活在傳說中的矮人正用機械做的腿一步步走向魔法師之塔之際，這時候的人類和魔族都還對即將到來的危機一無所知，日復一日的持續著重複了千年的普通平凡的生活。

不過，德尼祭司可能是世界上唯一對災難有所感知的魔族，她向年輕的魔王夫婦抱怨她最近眼皮跳個不停，且水晶球變得不太清晰了。近一個星期裡，她總是在水晶球裡看到晃動著奇怪的人形小黑影，只是始終看不清楚。

因為看不清楚的關係，德尼祭司只好不停的琢磨那些黑影可能是什麼。她一度懷疑這個徵兆是暗示菲莉亞懷孕了，於是大張旗鼓的請魔族的醫生來檢查，然而並沒有。目前並不準備生孩子的魔王和魔后亦覺得懷孕是不太可能的，德尼祭司只好回去繼續使勁催動魔力看看能不能弄得更清楚一點，根本半丁點都沒有聯想到滅亡千年的矮人頭上。

菲莉亞更不知道她已經親眼看到一個據說已經滅絕的矮人了。她在那天的傍晚等到歐文後，倒是和他說了碰到一個奇怪的人類老人的事，不過那之後他們即使讓周圍的巡邏士兵多加關注，卻始終沒有發現那位老人的蹤跡，對方就像是憑空消失了一樣。後來想來想去，菲莉亞只能暫時認為是他已經離開冰城了。

相較於隱隱還發現到一些徵兆的魔族，人類這邊就更為寧靜祥和了。他們沉浸在和魔族和平共處後即將迎來的欣欣向榮的新時代中，沒有一絲緊張的氣氛。

其中有一些人甚至中了丘比特之箭，比如瑪格麗特．威廉森。

瑪格麗特自戀愛開始，過了一段對她來說十分幸福的時光。雖然從表情上仍然看不太出來，不過，熟悉她的人都能感覺到最近威廉森大小姐的心情非常好，頭上時時都掛著彩虹，渾身冒著粉紅泡泡。

她終於可以想去找馬丁時就隨時過去找他，不必再找什麼奇怪的拜訪藉口。她想躺他家沙發就躺他家沙發，想躺在地上滾就躺在地上滾，想蹭飯就蹭飯，想在對方擺弄零件的時候從背後抱住這件事也不只是想想而已了，隨時都可以做，大部分時候還會被翻過來反抱並且被親。

馬丁倒是有點無奈，總覺得自己在沙發上養了一隻一直盯著他看、還會過來蹭蹭抱抱的小動物……唔，論身高的話，瑪格麗特的確不怎麼小，但她抱著膝蓋坐在沙發上的時候看起來也沒多大，好像光用頭髮就能包裹住似的。

不知道為什麼，最近瑪格麗特又不喜歡戴眼鏡了，至少在見到馬丁之前就會收起來。但現在又沒有一個當她眼睛的女僕隨時隨地幫她，所以馬丁一轉身沒注意，瑪格麗特可能就會在他的公寓裡面摔來摔去，每次過去把她扶起來都覺得有點好笑。

今天也是這樣，瑪格麗特走到門口時摔了一跤，額頭上蹭破一點皮，馬丁被那雙藍色的眼睛無辜盯著的時候，簡直哭笑不得……菲莉亞摔跤以後這麼看著他都是很早以前的事了。

雖然以前就能感覺到瑪格麗特其實是有些笨拙的，但馬丁可沒有想到她能夠笨拙到這個地步。他們確定在一起的那天晚上，她說「想要試試看，不試試看是不會知道的」時，不是看起來還很冷靜聰明的嗎……

而現在看瑪格麗特的樣子，馬丁時不時會有他用了陰險的手段騙了一個傻白甜大小姐回家的錯覺，難怪威廉森公爵據說很擔心了。

不過……當馬丁幫瑪格麗特的傷口上藥、貼上紗布，接著合上藥箱、站起來吻了吻她的額頭時，看著瑪格麗特的臉頰一點一點的泛紅，而且她明明就看不清楚，還躲閃似的想撇開視線，他就忍不住笑了笑。

是對心上人的偏愛嗎？總覺得瑪格麗特……分外招人憐愛。

處理好瑪格麗特的傷口，兩個人又開始了在家裡約會的一天。

因為威廉森公爵好像在調查瑪格麗特的人際關係，為了不被發現，他們平時見面都很小心，一般就是在三個地方——馬丁的公寓、羅格朗先生的房子和魔王的城堡。跑到菲莉亞和歐文那裡是最安全的，菲莉亞看到他們也很高興的樣子，但後兩者畢竟是別人的家，外面又去不了，所以大多數時候他們還是在馬丁這裡。

老實說，瑪格麗特畢竟是女孩子，她每天在房間裡會讓馬丁十分心神不寧，他們只是剛剛交往，並未訂婚，且尚無結婚的計畫，馬丁覺得每次都在家裡約會並不是很合適。

想了想，他曲下膝蓋，半跪下來和瑪格麗特平視，「……瑪格麗特，要不，我還是找機會和妳爸爸談一下吧。」

馬丁並不太介意和瑪格麗特的父親面對面談一談的，畢竟在他看來解決問題最好的方式是面對而不是逃避，按理來說瑪格麗特同樣不是逃避的性格，但……

不出所料，瑪格麗特聽到他的話後僵了僵，然後堅定的搖頭。

在威廉森公爵的問題上，她始終分外堅持。

馬丁當然不知道，在瑪格麗特看來，如果他正面碰到威廉森公爵的話肯定會被殺……威廉森公爵是勇者學校畢業的暴脾氣，馬丁當年因為她的關係失去了最後一年的入學資格，恐怕是打不過威廉森公爵的。

瑪格麗特目前的打算是她先想辦法說服父親——語言不行的話就打一架——等道路都鋪平之後，再讓馬丁和他碰面。

馬丁嘆了口氣，耐心的繼續問：「為什麼呢？若妳覺得為難的話，我可以試試看……」

「我有計畫！」沒等馬丁說完，瑪格麗特就匆匆打斷了他。儘管她的計畫有點簡單粗暴到說不出口，但這可不算說謊。

因為心虛，瑪格麗特下意識的迴避馬丁的目光。

馬丁又嘆了口氣。既然瑪格麗特自有打算的話，他並不想為難她，不過……

「我並沒有妳想的那麼弱。」

馬丁摸了摸瑪格麗特的頭髮，她的想法他多少能猜到一點，「我們兩個之間的事，如果可以的話，我希望妳願意和我分享壓力。」他頓了頓，又道：「但如果妳堅持的話，我沒有強迫妳改變想法的意思。」

像這樣一直藏著除了不太方便也沒什麼不好的，要是順利的話，他們可能還可以像這樣躲躲藏藏好長一段時間吧。

瑪格麗特的神情有幾秒鐘露出了迷茫的神色。在短暫的思索後，她低下了頭，沒有做出回應。

然而，戀情見光的這一天比他們想像中更快。

不過發現這段戀情的，倒不是用盡一切辦法想弄清楚的威廉森公爵，而是一個湊巧路過的記者……

瑪格麗特平時已經十分小心了，會將跟在她後面的所有人都甩掉，甩不掉就打一頓，處理乾淨以後再去找馬丁；她還不讓馬丁主動來找她，最多就是在約定地點碰面，然後一起去魔王城堡。

▶◇◀◎▶◇◀

歐文放置在羅格朗先生宅內方便兩邊互相拜訪的魔法陣終於布置好了，那個魔法陣只要用帶有魔法的東西催動就能開啟，於是羅格朗先生購買了一批冰獸的冰晶，平時用來探望女兒。當然，他同意馬丁和瑪格麗特使用這些冰晶去艾斯。當初購買冰晶的時候，馬丁考慮到自己會去探望菲莉亞，他也出了一部分錢。

只是當羅格朗先生知道馬丁已經和瑪格麗特交往了好長一段時間，相當吃驚就是了，眼珠子都驚得險些掉到地上。就像他從來沒有想過自己的女兒長大會嫁給魔王一樣，羅格朗先生也沒想到他的兒子會和公爵的女兒走得這麼近。

羅格朗先生嚇得磨了好幾天螺絲釘來壓壓驚。

總之，瑪格麗特和馬丁兩人透過魔法陣從艾斯回來的那天，風和日麗、天朗氣清，實在很適合散步。加上他們最近的行為一直沒有被發現，馬丁本來就不是太介意，瑪格麗特則是不小心放鬆了警惕，他們從羅格朗先生家出來後還一起在街上走了一段路，穿過幾條有人的街道，隨後在相對隱蔽的地方分別，瑪格麗特踮起腳給了馬丁一個吻，然後……他們就正好被路過的記者撞見了。

記者發誓他那天真的不是特意跟蹤瑪格麗特的，雖然他的確很喜歡寫瑪格麗特的花邊新聞，還常在她出沒的地方蹲點，但這次撞見他們的時候他手上甚至都沒有紙筆，只有裝滿菜的籃子，只能說這天賜頭條完全就是命運的安排。當時滿心激動的他只能就地把腦內噴湧而出的靈感用指甲刻在馬鈴薯上……回去以後指甲就斷了。

於是第二天，最近一直時刻關注著新聞的威廉森公爵就從報紙上看到了關於瑪格麗特的新頭條，標題還很長——

「移情別戀？！王城明珠約會魔王大舅子！」

威廉森公爵一口咖啡噴在桌子上。

這一天，馬丁照例去上班，可是整整一天他都覺得其他幾位同事看著他的眼神怪怪的，其中麥克有幾次欲言又止，卻最終什麼都沒有說。

等到下班時，馬丁又在眾人的目送和奇怪的沉默氣氛中，離開了工作室。

不過就算馬丁感到有點奇怪，他也沒有太往心裡去，畢竟他的同事們時不時就神神秘秘的也不是一次、兩次了，馬丁還想或許是菲莉亞和歐文出了什麼事，準備待會回家前，先繞去羅格朗先生那裡一趟問問看有沒有什麼事。

然而，還沒等馬丁走向羅格朗先生家，就看到了在他工作室門口等待已久的威廉森公爵的管家。

「您是馬丁．羅格朗先生吧？」表情嚴肅的管家朝他微微彎了彎腰，禮貌卻十分冷淡，是問句卻極為篤定，「瑪格麗特小姐的父親威廉森公爵，希望今天和您見面，如果沒有什麼問題的話，請您跟我來吧。」

馬丁一怔，這下他明白問題可能是發生在他自己身上了。

「瑪格麗特呢？」他問，「瑪格麗特現在在家嗎？」

聽瑪格麗特的形容，他印象裡的威廉森公爵是一個不好相處又相當嚴厲的父親，如果他們之間的關係在雙方都沒有主動提的情況下曝光的話，馬丁實在很難不擔心瑪格麗特。

然而威廉森公爵的管家似乎並不想和他多說的樣子，只是面無表情道：「公爵一向疼愛大小姐，您不用擔心。」

管家說罷，馬丁立刻感覺到自己彷彿被狠狠瞪了一眼。

馬丁對威廉森公爵府的路是很熟的，其實並不需要管家帶路他也能走到。管家的步子邁得很快，彷彿故意要甩掉他似的，然而馬丁腿比他長，幾步就能追上來，走快一點也沒什麼抱怨。

於是馬丁覺得自己好像又被瞪了幾眼。

終於，他們一路走到威廉森公爵府。馬丁路過這裡這麼多次，卻還是第一次進來。對他來說，比起富麗堂皇的貴族府邸，這裡更是瑪格麗特從小到大生活的地方，每一處細微的地方都似乎有著瑪格麗特從小到大的影子，不經意就能引起他興趣。

不知怎的，即將見到瑪格麗特那位據說很不好相處的父親，馬丁雖然也有些緊張，但更多的是一種終於鬆了口氣的釋然感，他希望能夠和瑪格麗特正大光明的相愛，而不是繼續偷偷摸摸的。

一、兩分鐘後，穿過長長的走廊，馬丁被帶到一扇大門前，管家筆直的往旁邊一站，耷拉著眼皮愛理不理的說道：「請您自己進去吧。」

馬丁笑了笑，沒有在意對方的態度，自己伸手開門。

「我沒有喜歡過其他人！」

門剛一開，瑪格麗特夾雜著怒意卻仍然冷靜有力的聲音便從裡面傳來。

「他幫過我，救過我！我喜歡他！」

沒想到一來就聽到了表白，馬丁愣了愣，一時進也不是、退也不是，臉頰不自然的燙了起來。

瑪格麗特顯然聽到開門聲，轉頭看到馬丁，愣了愣，接著臉瞬間紅成一片。

從正式在一起之後，瑪格麗特就不再是主動說「喜歡你」的那一方了，相反的，比起語言，她更喜歡直接用行動來表達感情。不過這不妨礙她最喜歡馬丁摟著她時，在她耳邊溫柔訴說「我愛妳」時的聲音。

當然，還有坐在他膝上的時候說，接吻的時候說，從後面抱著的時候說……

光是想想，瑪格麗特的態度便有些放軟，彆扭的扭開臉，只是這樣做並不能阻擋兩人之間流轉起漸漸曖昧的空氣。

目睹這一幕，威廉森公爵無疑更覺心塞，想不到他在生氣的時候，被他反對的這對情侶竟然連粉紅色的氣氛都升起來了……威廉森公爵頓時覺得自己的胸口又被狠狠捅了一刀，感覺到世界的惡意。

「閉嘴！」公爵忍不住拍桌，猛地從沙發上站起，怒氣衝天的指著馬丁，「這種弱不禁風的小子到底哪裡好了！就算他以前救過妳，現在要是出事了怎麼救妳！去找他的妹妹和妹夫嗎！」

瑪格麗特並不聽他的話，一把將腰間的劍拔出來平舉到胸前，道：「如果是這樣的話，你也救不了我！拔劍吧，父親！」

威廉森公爵氣得話都說不出來了，心中一片淒涼。

——小瑪格麗特翅膀長硬了……她覺得她能打過我了嚶嚶嚶……QAQ

威廉森公爵在心裡哭了一會兒，面上卻吹鬍子瞪眼，迅速用同樣的動作熟練的拔出劍。不需要更多語言，憑藉父女之間長久的默契，瑪格麗特立刻明白這是父親終於同意和她用決鬥的方式決定這件事了。總算拿到解決問題的入場券，瑪格麗特鬆了口氣，但同時又不禁緊張起來。

父親一直以來都是優秀的劍士，而且他現在仍有自信打敗她。定了定神，瑪格麗特看向馬丁，堅定的說道：「你到外面等我，我會解決這裡。」

公爵不屑的發出「嗤」的一聲冷笑，還輕蔑的掃了一眼馬丁，眼神中無疑帶著鄙夷——像這樣躲在他女兒背後的小子，也有資格擁抱他養大的瑪格麗特嗎？！

馬丁嘆了口氣，被瑪格麗特這樣小心翼翼護在身後，他雖然感激她、覺得甜蜜，卻又不禁相當無奈。老實說，馬丁並不認為自己是個弱不禁風的人，他的體力很好，曾經為了工作幾天幾夜不闔眼也沒問題。因為外表瘦弱的關係，麥克和一些同事總擔心他會累到病倒，但事實上，他一直很健康，他甚至並不覺得疲憊……即使會有一些勞累的感覺，多半只是心理上的疲勞而已。

他的體能並不差，對身體素質亦很有自信。

想了想，馬丁走向了瑪格麗特。

瑪格麗特還以為馬丁是想給她一個鼓勵擁抱或者什麼的，心裡有點高興，然後面無表情的張開了手臂。

威廉森公爵手裡的劍柄都要被捏斷了。

然而，原本並不準備這麼做的馬丁一怔，呆滯了幾秒才俯身抱住瑪格麗特，接著趁她把臉埋在自己胸口的工夫，順手把她的劍取走了。

兩人分開後，瑪格麗特看著自己空蕩蕩的手有些發愣。

馬丁溫柔的抬手摸了摸她的頭，笑道：「讓我來吧。躲在妳背後等待結果，我會覺得有點奇怪，而且也很羞愧。這是需要我們共同面對的問題，我至少應該承擔責任裡的一半。」

頓了頓，他別有意味的放輕語氣說道：「不用擔心我，瑪格麗特。我從小到大的對手，都是菲莉亞。」

瑪格麗特的眼睛微微睜大。

威廉森公爵在一旁挑眉。實際上，因為馬丁說話聲音變輕的關係，他沒聽見他們後來在說什麼，不過沒關係，終於等到正大光明揍這小子的機會，早已按捺不住的公爵當然是不會放過的。

威廉森公爵好像準備直接在這個房間裡決鬥的樣子，但馬丁對此也沒什麼意見。他將還半懵然的瑪格麗特推出房間讓管家照顧後，馬丁慢慢將劍調整到舒服的姿勢，握在手中。劍的手感對他來說很陌生，他沒有學習過任何一種勇者的技術，因此不太習慣用武器。不過，和母親以及菲莉亞生活這麼多年，他多少知道一點基本招式。

況且……讓妹妹直到上學後都對自己力量缺乏認知的責任裡，也有他一份。

瑪格麗特在門外焦慮等待著，被馬丁推出來後，沒多久她就後悔了。她至少應該在裡面看著才對，如果父親要為難馬丁的話，她就能及時衝上去阻止。然而，自從她出來之後，房間裡面一點響動都沒有，安靜得令人心慌。這樣奇怪的寂靜，令什麼都不知道的瑪格麗特實在很難安心。

——馬丁不會……還沒來得及反抗就死了吧？

儘管信任自己的戀人，可她還是忍不住往壞的……也是很有可能的方面想。

想到一些血肉模糊的可怕畫面，瑪格麗特心臟都要跳出來了。

在門外徘徊了好幾圈後，終於，瑪格麗特耗盡了繼續等待的耐心，決定要破門而入，無論如何都要阻止他們——就在這時，門把「卡噠」一聲轉動，門打開，馬丁毫髮無損的走了出來，看到瑪格麗特，便露出他一貫溫柔和藹的微笑。

瑪格麗特一驚，反應過來後，連忙渾身上下檢查他。馬丁被摸得不太自在，紅著臉握住她的肩膀，將瑪格麗特推開一點，然後笑著道：「我沒事。」

為了證明自己，馬丁張開了雙臂，讓瑪格麗特看他沒有一點損傷的身體。

瑪格麗特親眼看過後這才安心，只是疑惑馬上緊隨而來：距離他們關門才過去幾分鐘，裡面又這麼安靜……難道他們根本沒開打嗎？

馬丁並沒有解釋，只是淡笑著摸了摸瑪格麗特的頭。

一直到最近為止，他都沒有什麼太具體的目標或者夢想，對金錢和名譽也缺乏欲望，長久以來只是隨波逐流的遵從著命運的安排活著。所以當初他並沒有和其他學生一樣非要進入勇者學校不可的執念，考不考得上都無所謂。

不過……他現在倒是有點後悔了。

從來沒有誰，能夠像瑪格麗特一樣勾起他內心追隨的強烈渴望。

馬丁淺笑著望著眼前神情迷茫的美麗女性。

——如果一開始選擇去上冬波利的話，是不是就能早點擁抱妳了呢？

這時候，房間裡的威廉森公爵還處在「咦，這下好像真的要有女婿了」的茫然狀態中，暫時難以接受新的現實。

這是一場難得的決鬥。

兩人沒有受傷，家具也沒有碰壞，甚至都沒有浪費時間，一下子就結束了……唯一的消耗，大概是被折斷了一把無關緊要的劍而已。

然而威廉森公爵還是有種被坑了的感覺。

倒不是因為對方明明沒有練過劍卻意外的強，而是因為他還是覺得自己是可以贏的。對方的劍術相當生澀，不能說完全不會，但明顯就是個新手或者外行人。

剛才馬丁一拿起劍，威廉森公爵就看出來了，渾身上下都是漏洞……然而那份誇張的力量的確讓人大吃一驚，他還沒反應過來，武器就被弄斷了。

混蛋！如果他早點知道的話肯定不會輸的！那個小子是故意不說！陰險！狡詐！用卑鄙的手段誘拐他女兒！這種愚蠢的水準怎麼可能保護得了他可愛的小瑪格麗特啊！！明天……

不，馬上就要抓這傢伙練起來啊！

威廉森公爵氣得踢了踢地上的劍的碎片，然後理理衣服，掛上威嚴的表情，準備走出房間教育一下年輕人。

然而，這時一個穿著皇家護衛隊隊服、一看就是剛從王宮裡跑出來的士兵，帶著慌張的神情，毫無徵兆的跑了進來。威廉森公爵一愣，接著他就看到管家、瑪格麗特和他準備再教育一下的馬丁都跟著進來，神色看上去都有點古怪。

士兵嚥了幾口口水才勉強安定下來，他慌張道：「公爵先生，陛下請您馬上進宮一趟，東部沿海出事了。」

說起東部沿海，那自然就是富饒的流月地區。那個地方自古以來就是海波里恩的重要領土，居民們以經商為主，經濟發達，是整片大陸最繁榮穩定的地區，極少出事。一聽到這一次竟然是東部沿海的問題，士兵的神情還如此焦急，威廉森公爵心中升起一種不好的預感，暫時為了國家大事放下瑪格麗特和馬丁的問題，急忙問道：「怎麼回事？」

「有一艘大船……不……一座鋼鐵做的巨大島嶼，今天早上撞向了東部沿海的城市，毀掉大量城區，然後那船裡面又衝出了軍隊，據說……據說……」

士兵緊張的嚥了口口水。

「據說衝出來的那些戰士……好像是……是……是一群……矮人……」

▶◇◀◎▶◇◀

流月地區受到攻擊的事能這麼快傳到王城，讓整個海波里恩以最快的速度做出反應，還要歸功於剛剛藉助於魔族力量建好的魔法交通路線。

這條交通路線，本來是為了促進商業發展而設的。流月地區是人類王國最繁榮的商業區域，和王國之心之間建立聯繫能最快促進海波里恩的經濟，不過任誰都沒有想到它發揮的第一個重要作用，竟然會是通報戰爭資訊。

矮人回歸的消息，在第一時間引爆了整個大陸。第二天，所有的報紙都對這個新聞進行了大肆報導。瞬間，人們忘記了他們平時最關注的瑪格麗特，開始全身心投入到對矮人的討論中去。

海波里恩已經很久沒有發生過戰爭了。在愛德華三世和歐文簽訂和平條約以後，人們甚至以為大陸將要迎來永久的和平，所以面對矮人這個誰都沒有想到的、突然出現的入侵者，全國熱愛和平與生命的人民都異常激動，第二天他們紛紛拿起快要生鏽的武器，以良好的精神面貌全面投入到戰爭之中，他們——

成立了「矮人保護協會」。

「雖然他們很矮小，但他們同樣也是人！是我們的同伴！」

一名矮人保護協會的少女成員在接受記者採訪時這樣回答。

「人類粗暴的行為已經使矮人滅絕了一次，我們不能讓我們珍貴的夥伴再遭遇第二次同樣的痛苦！我希望國王陛下這一次能吸取千年前的教訓，不能重蹈覆轍！將可愛的矮人們趕盡殺絕絕不是我們希望的未來！愛德華三世陛下打敗他們以後，應該在過去矮人遺跡的位置為他們設立種族自治區，就像對精靈一樣。當然，我不會置身事外，我也會用我的武器為矮人的自由獨立奮鬥的！」

這位成員感人的發言得到協會其他成員的高度評價，大家紛紛表示同樣會用武器為矮人的權益而戰。

同時，一部分矮人保護協會的會員甚至提出應該將「魔族」和「精靈」的稱呼改為「魔人」和「精人」，這樣才更有利於促進全大陸的智慧種族平等發展。然而這項提議遭到目前在王國之心境內的精靈居民及魔族遊客的強烈反對，他們認為這樣不如將「人類」改為「人靈」或者「人魔」來得巧妙好聽。於是到目前為止，這個話題還處在爭議之中。

「我們應該能在一個月內擊敗矮人，只是自治區的話……有點困難，可能只能劃出一小部分給矮人。畢竟過去的大部分矮人遺址都位於王國之心內，我們不可能將政治中心的面積繼續減少了。不過南淖灣北部和無人沙海的一部分地區還是可以提供給矮人的。」

這一天，在和歐文進行戰事會面的時候，愛德華三世自信的說道。

雖然對於「自治區」劃分的語氣有點為難，但在打退矮人的事情上，愛德華三世卻表現得意外輕鬆。

面對愛德華三世不以為意的態度，不知道怎麼的，菲莉亞有種不安的感覺，她小心的問道：「那個……您一點都不擔心嗎？」

「唔……不用太擔心啊，菲莉亞。」因為對歐文印象不錯的關係，愛德華三世對促進人魔和平的菲莉亞印象也挺好的，所以他分外耐心的解釋道：「矮人長得矮小，又不會魔法，而且他們開回來的那個島應該就是傳說中的『起始號』，一艘船就算再怎麼大，也養活不了多少矮人，他們人數肯定很少……唔，雖說記載裡的矮人機械真的很強，但這沒什麼關係，我們同樣擁有強大的戰士和魔法師。」

頓了頓，愛德華三世繼續說：「歷史書上記載矮人魯莽記仇的說法果然沒有錯，他們這樣回來復仇，實在缺乏策略。我們……可是消滅過他們一次的國家啊。」

說到這裡，愛德華三世的語氣不禁帶上一點傲慢的色彩來，這還是他當著歐文的面刻意收斂的結果。

最近一千年，的確是海波里恩的鼎盛時期，除了艾斯，人類的鐵蹄踏上大陸的每一寸土地，並且征服了大片的領土。

愛德華三世好像說得沒什麼錯，但菲莉亞心裡總有一股奇怪的情緒令她煩躁不安，總覺得事情沒有那麼簡單似的。她看了一眼歐文，歐文也擰著眉頭不知道在想什麼。

「真的沒有問題嗎？」歐文沉默了一會兒還是問道。

儘管魔族和矮人之間的仇恨沒有人類和矮人那麼大，但如果戰火延伸到和艾斯交界的風刃地區一帶的話，歐文也是會很為難的。

愛德華三世拍著胸脯說道：「放心吧！即使是軍備比較弱的流月地區，也不可能輕易被矮人攻破的！哪怕不給予任何援助，憑他們自己大概也可以在半年內擊敗矮人！當然，我們馬上就會整頓好軍隊，將最優秀的軍人派往東方。我保證，一個月以內，海波里恩就會恢復和平！」

然而，三天後，海波里恩的軍隊還沒有集結完畢，整片流月地區都淪陷了。

儘管流月地區本來就是沒什麼防備的商業區，但是這種淪陷的速度還是超乎所有人的想像。消息傳來時，原本熱鬧的王城陷入可怕的死寂之中，矮人保護協會成員全部銷聲匿跡，愛德華三世和所有大臣都半天反應不過來。

這個時候，矮人的軍隊還在繼續前進。他們兵分兩路，一路前往風刃地區，一路試圖穿越無人沙海進入南淖灣，一旦這兩個地區被攻破，最重要的王國之心就會被圍困。

矮人壓倒性的勝利令人畏懼，當天下午，剛剛發過豪言壯語的愛德華三世就不得不涎著臉親自來了艾斯，請求魔族的援助。

「矮人的弱點是魔法，在千年以前，我們戰勝他們憑藉的就是魔法。」愛德華三世的臉色全無幾天前的坦然輕鬆，反而盡是灰白之色，他的眼袋全是青黑色，一看就知道至少一個晚上沒有睡著，和歐文說話時的語調充滿疲倦，完全沒有平時的泰然自若，「歐文，我們需要魔族的幫助。我們魔法師數量不夠，也不夠強大……我知道這是個強人所難的請求，但希望你能考慮一下，並且儘快答覆我。」

歐文點了點頭，「我會考慮……不過，你知道，這不是一個容易的決定。」

「我、我明白的，但我期待著儘快從你這裡得到好消息。」沒有立刻得到肯定答案，愛德華三世臉色頹敗，接著便有些失望的匆匆忙忙回去了。現在國內亂成一團，他沒有可以和歐文像平時一樣輕鬆的聊天時間了。

愛德華三世走後，歐文疲憊的嘆了口氣，坐在座位上痛苦的捏鼻梁。

菲莉亞走過去，便被歐文一把抱住，他還順便把頭埋進她懷裡。

菲莉亞摸了摸歐文的頭髮，他的頭髮很柔軟，而且沒有一絲雜色。接著，她感覺到歐文把她抱得更緊了。

「……情況很不好嗎？」菲莉亞問。

「嗯，很麻煩。」歐文悶聲道，「早上接到爸媽的信，他們準備趕回來了。」

菲莉亞和歐文的婚禮結束後，前魔王魔后就又四處遊蕩去了，一直行蹤不明。而他們在這個時候回來，就說明伊斯梅爾和塞莉斯廷認為以這一次事件的嚴重性，歐文一個新手魔王或許有可能處理不了。

「抱歉，菲莉亞。」歐文抱著她說。

菲莉亞知道他在為不能立刻決定幫助海波里恩的事道歉。

菲莉亞去過流月地區。畢業後跟著卡斯爾到處接勇者任務的一段時間，那時他們幾乎把整個國家都跑遍了。流月地區是極其富裕繁榮的地區，生活水準甚至高於王國之心。菲莉亞見識過那裡的美麗，月光灑在海水裡反射出來的光芒幾乎能照亮整片天地，那是流月地區引以為傲的奇景，她很難想像那幅景象不復存在——映照月光的海水被鋼鐵之城填滿，平坦的街道和整齊的樓房都被軍隊摧毀。

老實說，菲莉亞很著急。海波里恩的不少非官方勇者已經自發啟程前往前線，要是她還是勇者的話，現在說不定也出發了。但，她現在是魔族的王后。

矮人是來向人類復仇的，他們和魔族之間並沒有根深蒂固的仇恨關係，因此目前看來艾斯是安全的地方。大多數魔族也並不想被捲入戰火之中，他們被幾十年的和平養育得相當安於現狀。更何況一部分魔族對人類的厭惡感並沒有消除，他們並不覺得有必要幫助人類。包括大臣中也有不少的保守者認為應該保持觀望態度，如果矮人真的全面征服海波里恩的話，他們需要外交的對象就不再是愛德華三世了——這樣說雖然殘酷，但卻是事實。

當然，對於歐文和另一部分大臣來說，還有別的考量。

比如，在這種情況下隔岸觀火的話，等將來戰事結束，魔族此時的選擇勢必會影響到剛剛開始走向友好的兩國之間的關係，人類和魔族之間會不可控制的產生隔閡……而且，現在那群矮人真的在往風刃地區出發，離艾斯越來越近了，誰知道他們會不會筆直的衝過來？畢竟矮人在遠古記載裡就是好戰的種族。

總之，這件事很難辦。

歐文問道：「要不，我們先把妳的家人們接過來吧？要是瑪格麗特他們願意，也先一起到艾斯來。」

菲莉亞想了想，搖了搖頭，「他們應該不會同意過來的。」

安娜貝爾是皇家護衛隊的副總隊長，雖然護衛隊本來只需要負責國王一家的安全就好，但現在軍隊人數需求嚴重不足，所有人都很緊張，說不定什麼時候就要臨時調用出征。據菲莉亞所知，安娜貝爾和卡斯爾的姑姑最近都在拚命訓練軍隊。

至於羅格朗先生……由於流月地區和王國之心的交通幾乎完全被阻斷，商業路線受到重創。王國之心的所有產業都在一夜之間停工，有條件的工廠全部都轉向生產軍火。羅格朗先生亦不例外，矮人機械中本來就有不少是用於戰爭的，只不過原本他們這方面研究得比較少而已，現在這種情形下，全商行的機械師都不得不開始研究軍隊用品，只是目前的進展似乎不太樂觀。

哥哥肯定也在研究軍用的矮人機械；瑪格麗特是職業勇者，好像正在考慮去找卡斯爾他們一起前往前線。老實說，剛剛開始正大光明談戀愛的瑪格麗特還有點擔心馬丁和威廉森公爵，並不是特別想要離開王城，所以她也在猶豫要不直接加入城市護衛隊。

「抱歉。」歐文又愧疚的說了一遍。

菲莉亞的回答則是輕柔的吻了吻他的額頭。眼下的困境並不是歐文造成的，他也正在努力的理順前因後果，希望能找出最好的解決辦法。

說起來，這前因後果……菲莉亞皺了皺眉頭。不知怎的，她有些心不在焉的想起了之前在冰城集市碰到的那個奇怪老人的事。他當時就對她說過暫時不要離開艾斯之類的話……

——那個人，不會早就知道矮人入侵的事吧？

第七章 老矮人與魔法師的情誼

界的西部。

菲莉亞沒想到自己還會第二次碰到那個老人，只不過是在半個月後，艾斯與西方高原交

由於矮人入侵到了風刃地區，那裡離魔族的家園已經很近，所以目前艾斯的居民們過得並不安穩，時刻膽顫心驚。菲莉亞和歐文不得不出訪各地對民眾進行安撫，同時順便徵集軍隊，以防矮人發動進攻。

大臣們關於是否要幫助艾斯的爭吵終於進入了白熱化階段，厭惡人類超過矮人且不想改變現狀的保守派仍然認為應該持續觀望，等人類和矮人的實力徹底分出勝負再做打算；而一部分神經敏感的大臣則從矮人軍隊肆無忌憚北進的行徑中嗅到了不妙的氣息，考慮到矮人在滅亡前就是個試圖征服全大陸的臭名昭著的種族，他們實在很難相信這一次矮人除了對人類復仇以外別無其他目的。現在保守派和主戰派雖然仍僵持不下，但隨著矮人離艾斯的領土越來越近，主戰派隱隱有了優勢。

伊斯梅爾和塞莉斯廷也已經從旅行中趕回來，過去長期穩定繁榮的統治使得前魔王和魔后即使退位也仍然具有很強的威懾力。儘管他們同樣在猶豫，但總體來說更認同主戰派，認為至少應該提前準備軍隊，越快越好，以抵禦矮人隨時可能發動的進攻。

於是，歐文和菲莉亞來到了艾斯西部募集軍隊。當菲莉亞看到那個古怪的老人時，歐文

正在當地公爵府邸的高臺上進行徵兵演講。

「……矮人目前的行動，似乎預示著他們並不準備成為我們友好的鄰居。」

歐文高聲說著，他身上湧動著強大的魔法波動使得周圍能感知到的生物都安靜了下來，並且讓圍聚起來的所有魔族不管身處何處都能清晰的聽到他的聲音。

「矮人以前就有過向世界發起戰爭的前科。他們不只是人類的敵人，他們也覬覦作為少數族裔的精靈和我們的土地！現在，為了防止大家都不希望見到的事情發生，我希望有意願者能夠加入軍隊！艾斯需要你們的勇氣和力量！矮人天生無法使用魔法，而我們則是為魔法而生的種族！我們是矮人的天敵，只有我們擁有戰勝他們的天然優勢！或許這就是女神赫卡忒引領我們找到的使命！艾斯，需要你們！」

歐文的語氣平穩有力，在沒有人講話的情況下，場面顯得分外嚴肅莊重。

菲莉亞站在他的身邊，輕輕挽著他的胳膊。在歐文身高的襯托下，一旁的菲莉亞看起來比實際還要嬌小一些，眉眼卻十分溫柔的樣子，使得很少見到人類的魔族們目光頻頻離開魔王，落到她的身上。

即使是曾經非常不喜歡被注視的菲莉亞，現在也已經習慣接受人們或審視或好奇的目光了。她挺直了後背，抬著頭，筆直的平視著前方，並沒有怯場的感覺。她靜靜在下面密密麻麻的人群中掃視了一圈，過來聽歐文徵募演講的魔族裡有中年魔族、壯年魔族和青年魔族，他們多半擰著眉頭，神情複雜。不過，裡面卻也夾雜了一些年邁的魔族，還有聽得似懂非懂的魔族孩童，這兩類並不是歐文這次想要徵募的對象。

忽然，菲莉亞的目光猛地停住了。

在擁擠的高大身影中，有一個比大部分魔族矮小的人影。普林身上披的黑斗篷比上一次見面時又破舊了一些，上面沾滿剛下的雪和不知哪裡蹭上的灰塵。他的打扮使得他混在魔族群中並不算太突兀，但蹣跚的步伐和不自然的動作顯露出他已經相當年邁的事實。另外，由於受到周圍魔族的擠壓，他的黑斗篷緊緊貼在身上，這使得普林的肩膀看起來與身體不匹配的寬大，與他削瘦的身體很不相稱，有些奇怪的樣子。

他莫非是病了嗎？菲莉亞忍不住想，但又不禁開始疑惑——普林明明這麼年邁，又不會魔法，他是怎麼只用了幾天時間就從冰城跑到這裡來了？

要知道這個地區已經是艾斯最西邊的地方了，只要再走幾步就能踏進西方高原的領域。想到這裡，菲莉亞不禁有些心亂，無法再集中於歐文和下面聽演講的群眾。她本來就莫名在意這個提醒過她「不要離開艾斯」的老人，現在對方又毫無徵兆的出現……

忽然，魔群裡的普林抬起了頭，隔著滿臉的白鬍子，菲莉亞猝不及防對上了對方那隻玻璃球一樣空洞的眼睛。

這個時候，歐文的演講也正好結束，魔族們適時鼓起掌來。

歐文嚥了口口水，沒有停頓的講了三十分鐘，他毫無懸念的感到有些口乾舌燥。不過幸好這些話不算白說，感受到高臺底下的魔族們起伏跌宕的魔力波動，歐文知道他們的情緒已經被煽動。

停了幾秒，歐文繼續開口：「那麼，希望有意願參軍的魔族，到大門前的行政官那裡登記。我們會感激你對艾斯所做出的一切。」

話音剛落，不少正值壯年的男男女女便朝歐文說的方向湧去。

歐文鬆了口氣，低頭問菲莉亞：「抱歉，讓妳穿這麼重的衣服站這麼久，妳累了嗎？」

畢竟是正式場合，菲莉亞的確穿得相當端莊，脖子上和頭頂上都掛了很多飾品，綴滿古典花邊的裙子底下有鐵製的裙撐，需要幾個女僕和服裝設計師的助手一起擺弄才弄好，換作其他人的話大概只要站五分鐘就會累得不行了。

「……不會，還好。」菲莉亞回過神，連忙對歐文搖了搖頭，然後匆忙轉頭去找普林的身影。

普林已經不再看著她了，而是順著離開的人流往外走。

眼看對方就要消失，菲莉亞立刻有點著急，「那個——歐文，我去街上一下，等一下再跟你解釋！」

「等——」

歐文顯然不在狀況中，但菲莉亞來不及跟他細說了，她上次已經見識過普林的速度，那比他的外表可要快得多。要不是樓下有很多魔族，怕引起混亂，菲莉亞恨不得直接從露臺上跳下去，或者乾脆讓歐文帶她瞬移。

她一邊摘掉身上的飾品扔到一旁，一邊快跑，裙撐也在飛奔的過程中被踹到一邊。但哪怕菲莉亞用最快的速度一路狂奔到樓下，還是已經過去了好幾分鐘。

魔族群眾尚未全部離開，但普林的身影已經看不見了。

菲莉亞對著窗戶使勁找了半天，仍然沒有找到。猶豫片刻，她還是決定追出去——在穿過大廳時，她隨手抓了件黑斗篷披在身上，雖然那身高雅的裙子還沒有脫掉，但渾身上下都能被黑色包裹住，倒也不算太顯眼。

魔族喜愛深色，斗篷和長袍一般都會做成黑色或灰色之類的暗系色調，這跟他們信奉的女神赫卡忒掌管黑暗或許也有關係……不過，如今這個審美偏好從沒給菲莉亞造成這麼大的麻煩過。

放眼望去，周圍全部都是打扮一模一樣的魔族。

菲莉亞很快就在人流中迷失了，數分鐘後，她不得不略帶沮喪的返回。這個時候，剛才被魔族擠滿的公爵府邸花園已經重新變得空曠了。

「……我沒想到妳是魔后。」

突然，菲莉亞聽到普林的聲音。然後她就看到那個矮小的老人從一棵粗大的闊葉樹後方走了出來。

艾斯正處在極夜，花園裡設置的照明魔法數量較少，沒什麼光，所以發現樹後竟然有人的時候，菲莉亞著實嚇了一跳，尤其是普林僅剩的那隻綠色的眼睛竟然能在夜色裡發光。

「是、是的。」菲莉亞本能的伸手去摸背後，卻發現她並沒有帶著巨劍。

她感覺到老人在黑夜中呈瑩綠色的獨眼默默打量她一會兒。

接著，普林用一種分外蒼老的聲音說道：「……種族不一樣的戀情很辛苦吧？明明已經被對方吸引，可是習慣、文化、宗教和對世界的認知，全部都不一樣……就連體型都……」

普林忽然停住了話語，頓了頓，沒有繼續說下去。

「還……還好？」菲莉亞聽到「體型」的時候愣了一下，謹慎的回答。

歐文魔王的身分曝光以後，她已經聽到過各種各樣反對他們結婚的理由——人魔芥蒂、文化習慣、身分差距……還有抓著她肩膀一邊狂搖一邊喊「那傢伙可是魔王啊！」的人。不過，體型這個角度菲莉亞還是第一次聽說——人類和魔族的確有一定體型的差異，但沒有到非要拿出來說的地步。

老實說，大概是因為歐文在海波里恩接受了六年教育的關係，菲莉亞並沒有感覺到和歐文之間有很大的隔閡，住到艾斯以後倒是經常會意識到文化差異，但由於魔法陣建好後經常能回家，菲莉亞也沒有特別強烈的思鄉之情，所以……

「我很幸福。」菲莉亞笑了笑，眉眼彎彎的。

普林愣了愣。她本來的計畫是在抵達魔法師之塔前不接觸任何人的……當然，抵達塔後說不定也不會接觸。之前在冰城時和菲莉亞搭話只是因為在魔族之國碰到人類太意外了，況且……她對人類多少有點說不清楚的特別的感情。

而這一次，她看見菲莉亞挽著比她高大很多的丈夫的時候，忽然覺得自己和她有點像。普林她並不理解人類的審美，但她大致知道那是怎麼回事，只要分析一下就會明白，菲莉亞在人類中是屬於受歡迎的長相，健康紅潤的玫瑰色臉頰、端正可愛的五官、隨著笑容時隱時現的酒窩，都能夠增加她在人類裡的吸引力。

但沒有人比普林更清楚，兩個種族間的審美差異能誇張到什麼地步。比如，傑克．格林直到分別的時候都沒有意識到她是矮人女性……

普林心中對菲莉亞剛剛升起的一點共鳴就這麼消散了。魔族和人類本來就是同源，分裂的時間也不是很長，看來在菲莉亞身上並沒有她曾經有過的煩惱，她們並不一樣。她突然不明白自己為什麼要特意等在這裡和菲莉亞說話，她停頓了幾秒，便轉身想要離開。

這時，菲莉亞問道：「等等！那個……你是矮人吧？」

普林的腳步猛地僵在原地，菲莉亞的聲音在靜謐的環境中顯得分外清晰。

儘管周圍沒有其他人，但從對方口中聽到問題的剎那，普林還是背後一緊，下意識的往四周看了看。如今矮人是大陸族群的眼中釘，暴露身分絕不是什麼上策。尤其她眼前的女孩還是那位剛剛發表完對矮人懷有敵意演講的魔王妻子。

低空穿過的風吹動了花園的灌木叢葉片，枝木與樹葉摩擦出沙沙的響聲。普林抬起頭，即使特意做了和人類差不多身高的假肢，她仍然比菲莉亞要矮一些。

這麼多年過去，人類和魔族的平均身高顯然都增加了。普林並不想刮掉自己引以為傲的鬍子，所以她知道自己要混進人類或魔族中勢必要扮演男性老者，然而……她明明是按照記憶中傑克．格林的高度製作的假腿，現在竟然還及不上菲莉亞這樣嬌小體型的女孩子。

雖然傑克．格林原本在人類裡也不算十分高的那種男性，但是……

忽然，普林又對自己的記憶不太自信了。畢竟她是個矮人，以她的視角來看，所有的人類都是一座小山坡。傑克．格林並不矮說不定只是她以自己為參照的一廂情願的看法，相較於身高，那個男性人類在她記憶裡最深刻的，還是在望著星星微笑時的英俊側臉。

「星空裡肯定蘊藏著我們不知道的力量。」

那個男人的聲音有時候依然還會毫無徵兆的在耳邊響起，那是相當耐心、溫厚，和大部分矮人男性不一樣的晴朗的聲音，能夠穿透皮囊直擊她的靈魂。

他說：「我能感覺到星星裡有什麼東西在呼喚我，我的身體裡有什麼東西在回應他們。但是我找不到方法釋放……我需要一些釋放的方式。普林，我最好的朋友，你真的願意陪我一起去找嗎？」

那個時候，他的臉轉了過來，讓普林無法將注意力從他那雙富有魅力的藍眼睛上移開。

大多數矮人都粗獷豪放，以喝得醉醺醺和揮舞錘子為榮。但那個人類不同，他不太擅長戰鬥類的東西，連基礎劍術也擺弄不好，但……他的情感細膩敏銳，他說的話裡總是蘊藏著普林聽不懂的哲學，他的每一個動作和姿態似乎都擁有特殊的意義和美感。他懂得藝術和文學，他會在月夜裡演奏樂器，他能夠講出每一顆星星的運動規律，他擁有世界上最普通卻又富有哲理的名字——傑克．格林。

他說星星裡有人類和矮人甚至精靈都不知道的力量，可在普林看來，光是他的名字就蘊藏了足夠多的不為人知的力量了。

他本來是想尋找一種能夠讓他釋放身體裡那種說不出名字的東西，才來到矮人的國度，然而在最後普林卻跟著他離開了，並且看著英俊的年輕人一點一點變成了英俊的老人。

是的，那個時候，看著傑克那一把直拖到腳下的白鬍子被山頂吹來的風弄得掃來掃去，普林這才恍惚意識到他身上終於有了一點符合矮人審美的地方，並且困惑自己究竟是為什麼向來這麼喜歡他的相貌。

然而……普林的心神有些迷失。那都是不知道多久以前的事了。

望著眼前一動不動的矮人，菲莉亞緊張的嚥了口口水。此時月黑風高，四下無人，她沒帶武器就這樣直白問對方是不是矮人著實用上不少勇氣，雖說她知道自己的實力，普林未必打得過她，但她對對方也一無所知，難保不會出現變故。

菲莉亞對於普林尚未回應而太過忐忑的關係，雙腿繃直不敢亂動，到現在都有點麻了，她不得不挪了一挪。而普林的綠眼睛看起來空蕩蕩的，在夜色裡卻隱隱發光，使得它比原先看起來更詭異了。

「那個……普林先生？」菲莉亞等待許久，終於忍不住試探的問道：「如果這個問題有冒犯的話……」

沉浸在回憶裡的時候猛地聽見菲莉亞的聲音，普林一震，總算回過神。她好一會兒才重新意識到這裡是艾斯，不是在她生活了幾十年的雪峰上，眼前的也不是傑克，而是年輕的魔后菲莉亞。

「不。」普林愣了一會兒，才道：「不過，妳應該想到……我是個女士。」

菲莉亞頓時尷尬得老臉一紅，幸好當了魔后之後練習很久，臉皮厚了不少，她倒不至於太過手足無措。

矮人的男女差異很小，女性也長鬍子這些事菲莉亞有聽說過，只是沒想到真的會碰到。況且，矮人的名字不怎麼能區分性別，聽說男矮人也可能會叫「珍妮佛」或「凱薩琳」、還是「伊莉莎白」什麼的，所以菲莉亞完全沒有預料到。

她開始猜測普林是個矮人亦只不過幾分鐘前而已，並沒有很多把握。在第一次見面時，普林就知道矮人會入侵海波里恩，她的話語許多很怪異卻邏輯清晰，不像是精神有問題；另外，普林似乎是從東方而來——那是矮人的大船撞擊海波里恩沿海的方向——除此之外，菲莉亞從樓上跑下來的時候，不小心看到了普林露出的腳尖是嵌滿螺絲的木頭。

羅格朗先生在製作矮人的機械，如今哥哥馬丁也做著同樣的工作，菲莉亞接觸這些東西的機會不少，對矮人機械的結構都很眼熟，多看幾眼就能辨別出來。不過她很清楚目前海波里恩的機械水準並沒有達到製作行走自如的假肢的地步，而普林操縱著兩根木腿走得還挺快，只是動作多少有幾分彆扭。

「抱歉。」菲莉亞問道：「但妳為什麼會在這？戰爭期間，出於國家安全的考慮，如果妳無法給出讓人信服的理由的話……」想了想，菲莉亞撩起那條她有點討厭的長裙，直接在大腿處打了個結，做出方便進攻的姿態，準備隨時制伏對手。

「……我不是士兵，矮人也不喜歡像我這麼衰老的士兵。操縱戰鬥機械是很耗費體力的工作，超過四十五歲就很少有人能繼續勝任了。」普林的嗓音沙啞，像是漏風的船帆，「我只是路過這裡而已……從人類的國土穿過太過危險了。」

魔族的服裝低調寬大，很適合偽裝，且魔族目前對矮人的敵意肯定沒有人類那麼強。當然，這不是全部的理由，還有一個原因普林並沒有說。

傑克曾經很喜歡北方，因為這裡有幾個月永遠是黑夜，是觀星的好時候。而大陸最南方的人類領土和矮人領土一年到頭都只是熱而已，也沒有極夜。

——操縱戰鬥機械其實很耗體力，操縱者一般不超過四十五歲。

菲莉亞暗暗將這些細節記下來，繼續追問道：「那妳準備去哪裡？」

普林已經不想在這裡浪費時間了，她所擁有的每一寸光陰都是從死神手裡硬生生抓回來的，每一秒都是在和死亡賽跑，她彷彿能聽到自己的骨頭每一瞬都在老化的聲音，並不想被菲莉亞消耗掉這些寶貴的生機。

「西方高原。」於是她的語速不自覺加快，「矮人裡也有不贊成戰爭的和平派，在安穩的環境下被養育長大的年輕人總是不喜歡改變的。我雖然年紀大了，但我也是其中之一。主戰派的國王和我不太對盤，他很討厭我。另外，我沒有冒犯艾斯的意思。抱歉，我要走了，正在趕時間。」

普林挪了挪腿，想要離開。

菲莉亞飛快記住了「和平派」、「年輕人」和「國王」之類的關鍵字，然後見普林要離開，身體下意識一動，擋住她。

普林抬起頭，用獨眼安靜的望著她，菲莉亞緊張的迎視，氣氛有點古怪。

普林是個老人，看上去就是老得活不了幾天的那種。菲莉亞並不知道她想做什麼——或許是完成有生之年要走遍陸地的夢想之類的，但是海波里恩處於戰爭中，艾斯看起來可能沒法置身事外，矮人們似乎對這片大陸上的情形一清二楚，而魔族和人類卻對這群消失千年後重新出現的入侵者一無所知。

目前的情況不公平，要是能抓到一個矮人的話，情況搞不好會有所改善。

但普林目前沒有做錯什麼，看上去也的確不像是入侵者或間諜，更不像有壞心，就只是個普通的……鬍子茂盛的老……呃，老夫人……她上次還提醒過菲莉亞「不要離開艾斯」。此刻菲莉亞陷入了雙邊道德的掙扎中。

見菲莉亞不動，普林皺了皺眉頭問：「還有什麼事嗎？」

不著痕跡的，她粗糙的手指放在了同樣是假肢的右手手腕的一個按鈕上。要是真的遇到什麼不能解決的事，她的木腿可以跑得很快，不過接下來就得想辦法離開艾斯，找個地方好好曬曬太陽補充機械能量了。

「……那麼矮人，準備入侵艾斯嗎？」菲莉亞條件反射的問道。

「現在的矮人國王應該沒有制定過類似計畫，但是……」普林頓了頓，「矮人是自尊心極高的種族，他們很容易就會沖昏頭，然後做出非常傲慢的事情來。」

這正是她最不喜歡矮人的地方，雖然她接受著矮人的集體教育長大，在遇到傑克．格林之前正是嚴格遵循著矮人規則和信條的一員，但現在她已經再沒有過去那種毫無用處的、虛假的種族榮譽感，甚至反而對跟傑克更接近的人類和魔族更有親近感，大概是愛屋及烏。

停頓了幾秒鐘，普林繼續說道：「你們現在籌集軍隊的舉措沒有錯。我想，再過一段時間……你們就會用得上了。」

話音剛落，趁魔后還在思考她話中的意思，普林腳下突然掀起一道旋風，在菲莉亞根本來不及做出反應的瞬間，她的木腿便已經飛快開始活動，眨眼間就消失在黑夜之中，留下一臉震驚的菲莉亞。

第八章 人偶機械大混戰

菲莉亞沒能攔住重要的突破口普林，於是幾週後，她完成了環遊艾斯一圈的計畫，終於又回到了冰城的城堡內。

這個時候，矮人的木頭人大軍已經占領了菲莉亞的家鄉南淖灣和半片風刃地區。然而矮人的鐵蹄毫無停止的打算，無視魔族的警告，一步步逼向艾斯的神經線。在矮人看來，人類和魔族沒有什麼區別，只要是這片大陸上的領土，都應該屬於矮人國王統治的範圍。

既然如此，就沒有繼續猶豫的必要了。

歐文在和大臣、父母的一整夜會議之後，確定了幫助海波里恩的計畫，並且派遣士兵到國界處進行防禦。

菲莉亞作為魔后也參加了會議，不過她畢竟是外族，且和歐文結婚才沒幾個月，所以發言權並不大；再加上她個人對政治軍事上的事還是初學者，因此大多時候只是旁聽學習，沒怎麼發表意見。

她已經將碰到過一個老矮人的事以及他們說的話私下告訴歐文，聽到艾斯最終做出了出戰的決定，菲莉亞終於鬆了口氣。

接下來，就要制定對付矮人的策略了。

戰爭已經開始了快兩個月，艾斯這裡收穫了不少關於矮人的情報。

矮人團結、強韌，正和傳說中一樣，他們擁有強大的集體活動能力和相當高的種族榮譽感。他們的軍隊緊緊扭成一根繩，具有相當強的組織紀律性，要擊潰他們非常困難。

不過目前看來，除此之外還有一個最嚴峻、最難處理的問題——

矮人並不是用肉體作戰的。

矮人們在戰場上操縱著奇怪的鋼鐵和木頭對抗人類的肉體凡胎，菲莉亞猜測那些大概就是普林所說的「戰鬥機械」。矮人將鋼鐵和木頭做成沒有頭的人偶形狀，它們有約莫三公尺高的巨大身體和異常結實粗壯的四肢，矮人會從原本應該是人偶的頭的地方探出，這樣就能居高臨下的觀察形式，同時人類卻只能攻擊人偶而無法觸碰到矮人。

更糟的是，除了矮人操縱著的那些鋼鐵或者木頭的人偶外，還有一部分人偶竟然能夠自己行動。它們似乎能理解矮人下達的簡單指令，能夠完成重複性的破壞工作。儘管效率和靈活性不高，但憑藉著可怕的體型和堅硬的身體，這群人偶的破壞力仍然給海波里恩的士兵造成很大的麻煩。

而且，無論是矮人操縱的鋼鐵機械還是自己就能行動的詭異人偶武器，對魔法的抗力都相當強，魔法凝聚成的火焰、冰塊、強風都無法對它們造成很大的損傷，唯有砂石硬砸還勉強能有一些與物理攻擊相當的效果。

現在，在派遣出去的魔法師部隊被擊潰以後，愛德華三世再也沒有辦法像之前那樣篤定說出矮人的弱點就是魔法了。

千年前在魔法上栽了跟頭以後，矮人們顯然不想重複同樣的錯誤。他們既然能夠製造出魔杖這種跨時代的產物，自然也能製造出抵禦魔法的東西來保護他們自身。

矮人先進的機械讓人類和魔族都感到非常棘手。前線打下的幾個機械人偶都被拖回來進行研究，其中兩個被送去羅格朗先生的商行，另兩個則提供給海波里恩的軍隊，希望他們之中任意一方能找到破解這種機械強大破壞力和防禦力的方法。

在艾斯確定幫助海波里恩後，愛德華三世還運送了一個同樣的人偶到冰城，一些魔族的將軍和士兵正在用魔法一種種實驗，希望能找到比較好的攻擊方式。

「雖然冰魔法對矮人沒什麼攻擊力，但我們還是可以用魔法做一些輔助性的工作。」第二次會議中，一位大臣提議道：「比如……呃，交通。等堅持到夏天我們還可以給戰場上的人類降降溫。」

「這樣在前方衝鋒損失同伴的人類不會高興的。」塞莉斯廷搖了搖頭，「下一個。」

另一個大臣立刻豎起眉毛，顯然想要發言已經很久了，他用手指的關節在桌上敲了敲，說道：「我們可以讓士兵在身上帶一袋砂石，投擲冰塊的時候將泥沙裹在裡面。這樣攻擊的威力會強很多。還有，我們可以用冰來製作防禦的城牆。我們能把防禦牆凝聚的非常厚，然後趁他們和冰牆耗著，我們和人類的弓箭手可以一起從上面攻擊。只要士兵還有魔力加固冰牆，我們就能一直處於不敗的地位。」

這聽起來倒是可行。

塞莉斯廷沉默了一會兒，「冰牆要麼建造在兩座山之間堵住唯一的通道，要麼必須長到可以將矮人全都圍住，否則就沒有意義。同時，這需要消耗非常龐大的魔力。」

完成這項提議需要的魔法量極為可怕，一般的士兵就算合作的話，恐怕也沒有辦法支撐太久。而且這一招只可以在能讓冰牆長時間維持凍結狀態的風刃地區和艾斯使用，最好還是在冬季，一年四季都十分溫暖乃至炎熱的南焯灣就沒有辦法了。不過這些事情可以等需要了再考慮。

塞莉斯廷猶豫片刻，看向伊斯梅爾和歐文。

如果不用普通士兵的魔力製造冰牆的話，說到魔力比較強的魔族，肯定就是眼前這兩個了。哦……還有她自己。

歐文仔細想了想，他覺得自己在兩座山之間建一座冰牆應該沒問題，但如果要將矮人全部圍住就有點困難了，尤其是單從一個視角看很難知道矮人的軍隊到底有多大。況且，要將他們拖住的話，牆必須建得很厚。

歐文如實說了自己的情況，然後看向伊斯梅爾。

伊斯梅爾的雙眼望天花板，支吾道：「呃……我、我已經老了……」比不上你們年輕人有活力啊。_(:3)∠)_

歐文正處在魔力完全發育的巔峰時期，的確要比步入中年的前魔王強一些。

被塞莉斯廷面無表情的盯著看了幾秒鐘，伊斯梅爾才略有幾分丟臉的說出了自己比歐文差一點的具體情況。

儘管伊斯梅爾和歐文的魔力之間目前大概差了三、四個普通魔族，但伊斯梅爾還是比大部分魔族強很多倍，大臣們平靜的神情下內心是崩潰的。

——魔王什麼的真討厭啊！(╯`□´)╯︵

見其他魔族知道他魔力減弱，卻都沒有嘲笑他，伊斯梅爾則深受感動，眼角都略有幾分濕潤了，心想著大家不愧合作了這麼多年嚶嚶嚶。

塞莉斯廷一邊拿出筆記將大家的狀態寫下來，一邊說：「那麼我們就先想辦法把矮人引到山谷裡，你、我和歐文在前後建冰牆盡量把他們圍住，然後讓其他士兵和人類的弓箭手從牆上攻擊。如果進展順利，我們就把矮人軍隊困死在裡面；如果他們能夠打破牆的話，就讓牆後面的近戰士兵和他們對抗……怎麼樣？」

一直因為不懂魔法只能旁聽的菲莉亞終於可以說話了，她很少發言，因此有些緊張開口道：「那個……我可以加入近戰士兵的行列。」

菲莉亞去羅格朗先生的商行和魔族軍隊那裡看過截獲的矮人戰鬥機械，她覺得出全力的話，木頭人偶她應該能夠一刀掄碎一個，鋼鐵人偶三刀一個。

菲莉亞想要參戰、想要做出貢獻，她知道自己不太擅長組織或者策略之類的事，所以不能當將軍；不過，毫無疑問，她會是個極其出色優秀的士兵，傑出的戰力。

塞莉斯廷筆尖一頓，看向菲莉亞，微笑道：「我們都知道妳是人類裡優秀的戰士，小玫瑰，但妳現在是魔后。王室親自衝鋒陷陣的確會對軍隊的士氣有激勵作用，但同時，魔王的妻子具有特殊的意義，萬一妳被抓住的話——我知道這機率很小，但若真的是這樣，就會發生讓我們為難的事。妳畢竟是近戰戰士。」

歐文就算出征也是離戰場很遠，況且他會魔法，矮人幾乎沒辦法抓到他。

塞莉斯廷的眼神很深邃，她只注視著某個人的時候很容易讓人產生她很深情的錯覺，菲莉亞一怔，不知道自己是不是說錯了話，一時有點不知所措，迷茫的看向歐文。

老實說，歐文的私心裡隱隱有想把菲莉亞關在房間裡的念頭，這樣可以保證她在艾斯淪陷前都絕對安全。

不過，歐文也很清楚把菲莉亞放在城堡裡是巨大的資源浪費，幾個重劍士圍起來一起攻擊半個小時才能解決掉的鋼鐵怪物，她十幾秒就能搞定。在失去魔法的弱點後，菲莉亞搞不好是矮人的新剋星，能量產菲莉亞的話，這場戰爭就不會這麼困難了。

要知道，眼下海波里恩最可靠的將軍就是菲莉亞的母親安娜貝爾，皇家護衛隊副總隊長的名稱已經配不上她了，現在愛德華三世恨不得帶著全家掛在安娜貝爾的大腿上，哪怕她負了傷。因為按照海波里恩的新說法，「那裡才是整個大陸最安全的地方」，以後「安娜貝爾的大腿」說不定會成為「避風港」的新代名詞。

但從安娜貝爾身上，歐文也能看到菲莉亞上戰場以後的遭遇——她很快會得到大量魔族和人類民眾的熱烈擁護，艾斯這裡將不會再有人對她的魔后身分有任何異議。同時，矮人的軍隊對菲莉亞聞風喪膽，然後……

她會成為矮人軍隊排行第一位的靶子，最想解決掉的禍患。

矮人們是十分團結又不懂得後退的種族，面對困難，他們只會選擇衝上去幹掉它。參考安娜貝爾的遭遇，以後恐怕只要菲莉亞出現，就會立刻有十幾個甚至幾十個操縱戰鬥機械的矮人圍上去，反正別的士兵可以由自動的人偶解決。

安娜貝爾在戰爭裡已經不再游刃有餘了，她每上一次戰場就是九死一生，讓菲莉亞擔心的從艾斯北方地區奔回了海波里恩。幸好情況雖然危急，但安娜貝爾受的傷並沒有到不可挽回的地步，目前她正負傷休養中，焦急的等待著痊癒，好重新回到戰場上去。

考慮了很久，歐文還是不知道該怎麼做。

跟安娜貝爾不一樣，菲莉亞還是魔后，如果被矮人抓住的話……

歐文在桌子底下握緊了菲莉亞的手。果然，他得承認自己的內心，他還是不希望菲莉亞從安全的堡壘裡走出去。

菲莉亞從歐文的眼睛裡讀到了他的意思，她有些失落，近戰的確比較危險，但是……要是她去扔鐵餅呢？

……呃，當然不是放在房間裡有恐飛症的那塊，世界上還是有很多不會說話、不會哭的鐵餅。菲莉亞考慮了一下，覺得她多帶幾塊鐵餅去的話，還是能發揮一定作用的，鐵餅用完後還可以麻煩別的士兵再靠瞬間移動幫她搬幾塊來。能砸壞幾個矮人人偶，就可以把鋼鐵拖回來融掉再鑄鐵餅或者別的東西。

——唔……這樣的話塞莉斯廷說不定會同意。

斟酌完畢，菲莉亞張開嘴，正準備說話——

「喂！塞莉斯廷！」

忽然，在機密的戰事會議期間，竟然有誰大膽到踹開門闖了進來。

菲莉亞扭過頭，便看見當時為她設計婚紗的設計師女士帶著助手和一個蹦蹦跳跳的木頭模特兒走了進來。

他們在婚禮之後就繼續四處尋找靈感去了，直到戰爭爆發才回到冰城，因為塞莉斯廷在城堡的關係，經常會來拜訪。

單闖戰爭會議簡直不是一般的膽大包天可以形容了，就算是關係很親近的朋友，塞莉斯廷也忍不住皺了皺眉頭，道：「……莫琳，我們正在開重要的會議。」

「我知道，所以我才要及時闖進來。」設計師女士聳了聳肩，「我的助手有很重要的想法，這可能會讓你們從頭開始這次會議的。艾米麗，妳說。」

被稱作艾米麗的魔族少女兩眼發光，顯然為自己接下來要說的話感到興奮。她道：「是這樣的，我們聽說矮人引起麻煩的武器是一種能操控的討厭的人偶，我和老師對此都非常感興趣，於是我們偷偷跑到戰場去看了一下——呃，很幸運我們都完整的回來了。嗯，那的確是很可怕的凶器，很凶暴，而且據說那些看上去一點藝術設計感都沒有的木頭人和鐵人內部結構很精細……」

稍微停頓了一下，艾米麗的紅眸亮閃閃的，「老實說，對於那些人偶內部的結構是怎樣的，我完全不懂，但我們完全可以用簡單的方式做出一樣的東西來。你們看看這個——」她一把將木頭模特兒推到大家面前。

一下子被這麼多人關注，身上還沒有衣服，木頭模特兒看起來有點羞澀的搓了搓自己光溜溜的手臂，疑惑的歪了歪頭。

「嗯……雖然做出來後的個性可能會有些不可捉摸，但是……我們可以模仿矮人那些人偶的造型做出一樣、或者更加高大的木頭人和鐵人，用魔法來操縱，怎麼樣？」

——簡直棒極了！

所有人腦海裡都不約而同的出現這句話。

設計師女士說得沒錯，這個建議真的要顛覆他們之前的構想了。如果那種模仿矮人的人偶能夠做出來的話，就算是魔法師也能用魔法在近戰的情況下給對手造成強大的物理攻擊。

聽完艾米麗說的話，在場的魔族都感到頭腦有些發熱，身體完全興奮起來。他們開始拚命思索這個方案的漏洞，但是一時半會兒似乎想不到——這是多麼完美的結果！

「我們可以把這種人偶安排在冰牆後的近戰部隊裡，這樣魔族也能參加近戰了。」

塞莉斯廷敲了敲桌子，任誰都能聽出她語氣比之前要來得高昂。

隨即塞莉斯廷頓了頓，又道：「……不過，還是要先確定這種東西能做出來才行。明天開始讓軍隊做幾個出來試用，我們不一定要和矮人的人偶做得一模一樣，說不定會有更適合我們自己的類型。唔……」

沒等前魔后沉吟完，艾米麗已經舉手跳起來了說道：「讓我來！我覺得我有靈感，我能設計出好的人偶來！讓我來！這些木頭模特兒也是我設計的。」

木頭模特兒正跟著艾米麗跳來跳去，營造出非常熱鬧的效果，看來這一次艾米麗對它輸出的魔力還挺多的。

塞莉斯廷考慮了一下，她看了眼設計師女士，只見設計師女士在後面微不可見的點了點頭。於是塞莉斯廷說道：「好吧，可以。不過我們不需要像妳的模特兒那麼智慧的人偶，只要容易用魔法來操控就行了。」

艾米麗歡呼起來，很高興的和木頭模特兒擊掌，儘管木頭模特兒並不明白到底發生了什麼事，擊完掌後就奇怪的盯著自己的手看。這種木頭模特兒對試衣服以外的事情都不是很瞭解，因此完全不懂這個動作有怎樣的意義。

歡呼完，艾米麗立刻表明她「明天下午就能拿出設計稿」，然後帶著木頭模特兒飛快跑出了會議室，顯然是去準備稿子。

跟塞莉斯廷道別後，設計師女士也優雅的離開了。

塞莉斯廷將筆放下，環視了一圈表情振奮的大臣，說道：「那麼，下一場會議就等艾米麗的戰鬥人偶做出來以後再說吧。伊斯梅爾、歐文，你們兩個還有什麼要補充嗎？」

任誰都能看出來塞莉斯廷才是會議的中心。

伊斯梅爾和歐文都搖頭。

而伊斯梅爾還一臉「老婆好才是真的好」、「我夫人真帥╰(*°▽°*)╯」的自豪表情，表現得很輕鬆。

等看向菲莉亞時，塞莉斯廷眉眼上挑，笑道：「那麼妳呢？重要的小玫瑰。」

菲莉亞連忙搖了搖頭。只不過，感覺到自己和塞莉斯廷之間作為魔后的差距，她稍微有點失落。

如果她能更加果斷、可靠一些就好了。以魔后的身分來說，果然敏捷清晰的思維比扛刀上陣的戰鬥力要更重要得多吧。

會議結束，大臣們對今天制定的各種計畫期望很高，他們都滿意的離開城堡，今晚應該能睡一個比開戰後任何一晚都要輕鬆的好覺了。

塞莉斯廷和伊斯梅爾也離開了會議室，他們還有別的事情要忙。只剩下菲莉亞和歐文之後，寬敞的會議室顯得空蕩蕩的。

如果用魔法操縱的戰鬥人偶能製造出來，並且確實能和矮人的戰鬥機械對抗的話，菲莉亞就沒有冒著風險上戰場的必要了，她應該也會暫時打消去前線的念頭。老實說，這著實讓歐文鬆了一大口氣。他當然知道菲莉亞很強，但菲莉亞嬌小的身形和可愛的臉總是讓他忘記這一點，再加上這是他的妻子，歐文總是下意識想把她放在最安全的地方保護起來。

不過他也知道限制菲莉亞的自由是不對的，所以大部分時候都將這種想法按捺在心底，只是時不時它仍會不受控制的徘徊在腦海中罷了。

因為幫不上忙，菲莉亞的情緒看起來有點低落。

歐文俯身抱住她，輕輕將她的臉壓在自己肩膀的位置。菲莉亞似乎愣了愣，這才抬手抱住歐文的背。

歐文又低頭吻了吻她的嘴唇，菲莉亞乖巧的回應他。兩個人唇齒相接了一會兒，才慢慢的分開。

「別擔心，菲莉亞，我們絕對會打敗矮人的。」歐文輕柔的說道，他能感覺到菲莉亞的不安，「艾米麗說的方法似乎可行，等做出來，應該離反攻就不遠了。」

說著，歐文安撫的摸了摸菲莉亞的臉。

菲莉亞知道歐文是在擔心她，顧及到她的情緒才會故意這麼說。她對此很感動，卻沒能完全消除掉心裡的陰霾。

但為了不讓歐文擔心，菲莉亞勉強笑了笑。

兩人牽著手從會議室出來，歐文接下來還有幾個別的會議要開，於是兩人暫時分別。

▶◇◀◎▶◇◀

菲莉亞覺得有些疲憊，準備回房間休息，看起來接下來都沒她什麼事，她決定把鐵餅抱過來聊一會兒天。但是她剛走了幾步，就看到歐文的父親伊斯梅爾靠著牆好像等候多時的樣子，見菲莉亞過來，轉頭對她友善的笑了下。

菲莉亞愣了愣。她知道歐文的父母並不討厭她，不過對她來說，他們是很高貴的家長，所以有點距離感，他們接觸的次數也不算太多。

相較於菲莉亞的緊張，伊斯梅爾自然的笑了下，說道：「塞莉斯廷很厲害吧。」

菲莉亞不明白他想說什麼，但還是點了點頭。

「她是在艾斯非常顯赫的家族裡出生的，還是長女，就算不和我結婚，肯定也會是艾斯擔任重要職務的大臣，還會繼承家裡的爵位。」伊斯梅爾說道：「所以塞莉斯廷從小就在學習處理跟政務有關的事情。唔……其實她的母親以前一直對她放蕩不羈的行為做派不太滿意的，但是，就算是這樣，她也沒法否認塞莉斯廷在各方面成績都很好，能力也很強。」

菲莉亞安靜的聽著伊斯梅爾說前魔后的成長經歷，儘管不知道伊斯梅爾為什麼忽然要和她說這些，可菲莉亞不禁感覺到自己和塞莉斯廷之間的差距更大了。

眼看自己的話好像不僅沒什麼用，甚至還起到反效果，伊斯梅爾連忙糾正重點。

「妳不需要因此沮喪的。塞莉斯廷從能夠書寫起就在接受參政的訓練，到今天已經幾十年了。再說，她比妳年長很多，比較熟練是很正常的。妳從前年才開始跟著歐文學習國家上的事情，歐文那小子自己也就是個半桶水的新手，所以妳和塞莉斯廷之間暫時存在差距是很正常的。只要繼續學習的話，妳也會對那些事情漸漸熟悉起來，到時候就變得輕鬆了。在此之前，我、塞莉斯廷和大臣都會幫助妳和歐文的。」

聽到這裡，菲莉亞總算弄清楚伊斯梅爾特意在這裡等她的目的，她連忙道謝：「謝、謝謝……」

前魔王特地安慰她，菲莉亞當然很感動。不過，更令她驚訝的是伊斯梅爾完全說中了最近讓她感到灰心的事，她不由得睜大了眼睛。

「不客氣。」任務完成，伊斯梅爾很高興，他摸了摸口袋，從裡面掏出一朵冰做的玫瑰遞給菲莉亞。

「這是塞莉斯廷讓我給妳的，她做的。是不是很漂亮？塞莉斯廷對這種精細的東西都很拿手，雖然自從結婚以後她就不做玫瑰給我了嚶嚶嚶……」

伊斯梅爾說著說著就自己哭起來了，菲莉亞頓時手足無措，不知道該不該接那朵好像是魔后親自做的珍貴冰玫瑰，畢竟歐文的爸爸看起來比她還想要。

幸好伊斯梅爾很快就自己止住了，他將玫瑰往猶豫的菲莉亞手裡一塞。

「其實這些事也是塞莉斯廷特地讓我來跟妳說的啦。她說歐文那個笨蛋大概不太懂妳的心情，她也不方便親自來，所以讓我來說。不過，她說妳不用太擔心，你們才剛剛結婚幾個月，有很多時間可以繼續互相瞭解和磨合。歐文就算身體和魔力都發育完全了，但心智上還有很多學習和成長的空間。」

「魔后……真厲害啊。」菲莉亞一驚，望著手裡的玫瑰，忍不住讚道。

之前在軍事會議上，她根本沒有發現塞莉斯廷注意到了她。在她看來，塞莉斯廷明明是十分專注集中在矮人的問題上，並且果斷做出了恰當的決定。

而且……她真是個溫柔的人。菲莉亞有些恍惚。

伊斯梅爾繼續安慰她道：「放心吧，妳以後也會是個出色的魔后的。」然後，他忽然話鋒一轉，「不過塞莉斯廷真的超厲害對吧！她什麼都會做，什麼都知道！很有遠見噠！當初歐文的名字就是她取的！」╰(*°▽°*)╯

這下子伊斯梅爾的語氣完全是炫耀了。

「我本來想給歐文取個長一點、帥氣一點的名字，但是塞莉斯廷說簡單的名字才比較容易被記住。比如大家都能記住魔法創始人傑克．格林，但是永遠都記不住他的矮人同伴普、普林西塔克斯西德尼格蘭利亞尼．傑羅德尼……什麼的，我是記不住啦。但是塞莉斯廷能背到第三十二位左右，她真的很厲害！」

矮人的名字向來以長出名，據說這是家族榮耀，越長的名字就代表越榮耀繁榮的家族，於是就算普通人家也會為了顯得高貴一點拚命取更長的名字，於是導致了矮人的名字越來越長、越來越長……

儘管他們平時互相稱呼也會使用簡稱，但據說需要用到全名的正式場合，矮人們都會提前預留一個星期用來點名。

菲莉亞原本沒怎麼在意的，但聽到那個很長的名字裡夾雜了一個耳熟的單字時，她不禁怔住。

「普林？」菲莉亞問，「那個矮人叫普林？」

聽菲莉亞問起那個矮人的名字，雖然伊斯梅爾的內心一瞬間劃過了「我家兒媳婦重點真奇怪」的念頭，可還是點了點頭。

「嗯，開頭兩個字是普林。」前魔王說，「他在矮人裡的地位也是非常高的——儘管矮人向來不喜歡和其他種族太過親密，但普林是個意外——他是傑克．格林的同伴，按理來說應該不被族人接受才對，但據說他給予了矮人機械飛躍性的進步，即使將之後矮人的繁榮完全歸功於普林也不為過。所以，在他的貢獻遠遠高於其他人的情況下，矮人們還是極為崇拜和尊重他。」

伊斯梅爾頓了頓，「據說後來為了表示對這個矮人的尊重，其他矮人避開了他全名裡的所有名字，以示尊敬……唔，妳說矮人的考試裡會不會有默寫普林全名的題目？」

會不會考默寫全名的題目，菲莉亞並不知道。但是，她前幾天剛剛碰到一個讓她簡稱她為「普林」的年老矮人。

如果說菲莉亞之前還只是因為重名而下意識的有點驚訝，於是隨便問了問的話，聽到伊斯梅爾說「之後的矮人都會避開他的所有名字以示尊敬」後，菲莉亞簡直很難不想到一些微妙處。

若對方是矮人中很重要的人，菲莉亞一定會後悔當時沒有用盡一切手段把她抓回來。在戰爭中只要抓住敵人的關鍵人物，就能有很多機會和對方談條件，甚至壓制對手。

她說道：「可是……可是我前幾天和歐文在艾斯西部的時候，碰到過一個叫做普林的年紀很大的矮人。」

「誒？」伊斯梅爾沒想到原本只是為了顯示一下自己學識淵博，卻這麼快就被打臉了，立刻慌張起來，「那、那可能是我弄錯了吧……畢竟我看的也是很久遠的資料了。不過，菲莉亞……」

伊斯梅爾眼睛的顏色忽然深了一些，「妳在艾斯的西部碰到了矮人？」

「嗯，是個年紀很大的女性矮人。她好像用機械腿偽造了身高，所以身形上看不太出來是矮人。她告訴我她叫普林，是矮人裡的和平派，只是路過艾斯而已。」她稍微停頓幾秒，嘆道：「我有想過要把她抓回來，但是……她跑得太快了。」

當時菲莉亞還在猶豫是否要在沒有證據證明對方惡意的情況下逮捕一個矮人平民，而普林說完最後一句「軍隊或許很快就會用得上」後，就飛快跑了。那肯定不是一個年邁的老太太能夠擁有的速度，或許是她那雙木頭腿造成的效果。她現在想想，普林真的很可疑，儘管歐文安慰過她不要太在意，但菲莉亞仍時不時會懷疑自己那時沒有立刻把她扣下來是不是做錯了。

不過，或許即使她真的下手了，說不定也追不上對方。

聽到菲莉亞說追不上對方，伊斯梅爾十分吃驚。

菲莉亞在強力量型的戰士裡是數一數二的動作之快，這和她體型比較小、活動起來比較靈活有關，雖然菲莉亞的速度肯定比不上刺客或者一些以敏捷著稱的劍士，但追上普通老人想來是不可能有什麼問題的。

見伊斯梅爾想不通的樣子，菲莉亞連忙解釋了一下她的想法，以及那位老人的假腿。此外，她又對伊斯梅爾重複了一遍已經和歐文說過的普林講的一些話。聽完後，伊斯梅爾沉吟了一會兒。

「難怪歐文前段時間讓國內士兵多注意有沒有行跡可疑的人類或魔族。」伊斯梅爾點點頭說道：「妳說的矮人聽起來的確很可疑，但是既然已經失去對方行蹤，我們現在暫時也只能這樣了。」

他拍拍看上去因為放跑對方而有些愧疚的菲莉亞的肩膀。

「妳能辨認出偽裝的矮人已經做得很不錯了。」

伊斯梅爾的安慰很有效，菲莉亞果然稍微輕鬆了一些。

幾天後，在許多魔族日夜趕工下，按照設計師女士的助手艾米麗的設計圖所製造的第一個人偶做出來了。

▶◇◀◎▶◇◀

一聽到這個消息，菲莉亞連忙第一時間跑去觀看。

跟矮人的戰鬥人偶一樣，它是鋼鐵做成的巨大人形機械，兩者大體上沒有什麼差別。不過魔族人偶因為不用考慮內部的齒輪和細節安置問題，許多線條更加流暢，關節也被簡化到一個相當可觀的程度。

「製作起來比想像中來得輕鬆，量產應該不會太困難。」一起鍛造的魔族士兵說，「已經試過可以用魔法操縱，不過暫時還不知道和矮人的機械實戰效果會如何。另外，像艾米麗小姐的木頭模特兒那樣只要注入魔力就有一定自主性的人偶正在研發中，但由於人偶體積比較大，那種魔法又比較複雜，到時候可能還需要魔王陛下幫忙……理想的話，我們希望這種人偶能去干擾矮人的自動機械。」

好像沒什麼問題的樣子，歐文點了點頭。

當天下午，第一個魔族的戰鬥人偶被送到了風刃地區的戰場上進行試驗。

矮人們無論如何也想不到會有一個戰鬥人偶屬於敵人的隊伍，再加上魔族的操縱員刻意改變了相貌，控制員座位的深度又特意調節過，兩種人偶從外表上看來完全沒有任何差別，於是魔族人偶的歧異處幸運的沒有被任何一個矮人注意到，魔族操作員不費什麼功夫就用人偶將一個落單的矮人機械和它的駕駛員拖到了戰場的角落裡。

那是戰場的死角，空曠平坦。在一群人類、魔族、矮人和戰鬥人偶混戰一處的情況下，根本不會有誰注意到這裡的不尋常。

被抓來的矮人剛開始還沒意識到發生了什麼事，等到他明白過來魔族竟然有和他們類似的戰鬥機械後，便瞪大了眼睛哇哇亂叫，怒斥他們再次剽竊了矮人寶貴的技術，那個矮人努力想擺脫纏鬥逃回自己的軍隊裡通報。

然而，早有準備的魔族們當然不可能就這樣讓他跑掉，這周圍全都是埋伏好的士兵，再加上一個戰鬥人偶，戰鬥力差別相當懸殊。

最終，在魔族士兵們死守住周圍的情況下，魔族的戰鬥人偶和矮人的戰鬥人偶打得兩敗俱傷，差不多都報廢了。矮人的機械人偶按照慣例被拖回去研究，而失去保護的操作員矮人被魔族士兵們擒住，塞進了俘虜監獄裡。

確定模仿矮人戰鬥機械的計畫可行後，兩任魔王共同下達了量產戰鬥人偶的命令，同時自動化的魔族人偶開始設計實驗。

第一批戰鬥人偶很快投入了戰場，矮人最初分不清敵我，遭到巨大的損失，不得不在風刃地區後退了一大步。此外，按照前魔后之前採納的計畫，魔族和人類合作搭建的冰牆在風刃地區的雪山帶圍困了一大批矮人，風刃地區的戰場開始僵持。

久違的勝利給艾斯和海波里恩都帶來巨大的喜悅，希望彷彿再次浮現出來。

然而，事情沒有到此結束。

矮人的戰鬥機械畢竟是他們從千年前就開始準備的產物，戰鬥力、防禦力還有數量都相當驚人，絕不是那麼容易就能打敗的。很快，矮人就接受了魔族也有戰鬥人偶的新情況，並且派出更多先進的機械人偶與之對抗。魔族這裡的問題迅速暴露出來——能操縱戰鬥人偶的控制員數量不夠。

艾斯畢竟是整片大陸的最北方，天寒地凍，常年處於異常氣候狀態之下，資源不豐富，魔民生育欲望不強，向來地廣人稀。除了幾個主要城市外，其他地區的人口都比較少，原本士兵人數就不充足，再加上操縱戰鬥人偶對體力、魔力、方向感、適應力等等都有相當大的要求，能操縱人偶的士兵並不多，即使加上人類的魔法師也遠遠不夠。

以魔族的人口數，頂住風刃地區和艾斯的邊界已是極限，根本無法完全將矮人打回他們的奇蹟大陸裡。

於是，矮人的征程還在繼續。

北方戰場陷入僵持，擁有執著精神的矮人調整戰術，將重點移到了南方。不久，南淖灣淪陷，無人沙海被跨越，矮人們踏入了王國之心的邊境，恐懼的人類紛紛逃往西方和北方尋求片刻的安全。

王國之心是肥沃寬闊的平原，往常這是生活的良好條件，而現在，這裡成了矮人們通往戰爭勝利的康莊大道，這段路沿途根本沒有能夠抵擋攻擊的險要地勢。幸好王國之心畢竟是海波里恩最重要的經濟政治中心，有龐大的精銳部隊鎮守，還有皇家護衛隊。

安娜貝爾被授予將軍的頭銜，目前已經痊癒，正在整頓軍隊準備近期再次出征，這分散了不少壓力，讓許多居民願意繼續留在王國之心。

但是，單靠安娜貝爾一個人還是無法扭轉戰局。

愛德華三世原本得知魔族研究出機械人偶的代替品後很興奮，可是再得知只有魔法才能操縱後又沮喪起來。

注入魔法就能用的人偶倒是也做了出來，但不知道為什麼比起戰鬥它們好像更喜歡抓蝴蝶，蹦蹦跳跳踩壞了很多地面，而且無法投入戰場，於是魔族只好把它們拆掉繼續研究別的做法了。

研究出不需要魔法也能和矮人對抗的武器迫在眉睫。

第九章 魔法師之塔的密室

風刃地區戰局基本上穩定以後，菲莉亞終於能短暫的從無止境的戰爭會議中脫身，回王城去看望家人。

安娜貝爾痊癒後已經再次出征，露西和管家都在獲得允許後離開王城避難，家裡只剩下羅格朗先生一個人。為了安全起見以及可以更方便的進行實驗研究，馬丁暫時離開他自己的公寓搬到羅格朗先生這裡。

由於兩個人都比較忙的關係，面積較大的房子裡有些凌亂，客房、客廳和一些用不上的房間都積了灰，只有兩人經常使用的臥室和工作室還算整齊乾淨。

菲莉亞這次來沒有打招呼，她開門進來的時候，羅格朗先生和馬丁都埋頭在自家的工作室裡加班。被她看見家裡這麼邋遢的樣子，羅格朗先生頗為尷尬。

「菲莉亞妳怎麼來了？」聽到有人推開工作室門的聲音，抬頭看見菲莉亞，羅格朗先生匆忙放下手裡的錘子，語氣相當吃驚，「……妳沒有待在艾斯嗎？」

聞言，馬丁也從手裡的器械中抬起頭，看見是菲莉亞，他微笑了一下。

「我有點擔心你們。」菲莉亞語氣擔憂道，「風刃地區和魔族那邊基本上已穩定了，但是王國之心好像還是不太好……」

矮人們將戰鬥中心轉移後，原本艾斯和海波里恩北方地區的壓力都被轉移到了南方，而後南崞灣淪陷，此時王國之心無疑是承壓最強的地區，每個人的神經都被隨時可能攻進來的矮人吊在高處。

「嗯，矮人那邊太強了。」羅格朗先生的聲音低落，「我們在鍊金術和鍛造上的水準，起碼和他們差了十幾個世紀。」

擔憂的停頓了幾秒，羅格朗先生繼續道：「陛下給了我們兩臺矮人那裡使用的戰爭機械用來研究，但它們實在是太精密了，難以想像他們是怎麼組裝出那樣的東西……它們的作業系統非常完備，而且機器精準，使得矮人不需要太複雜的動作就能操作那樣的龐然大物，裡面沒有任何一個多餘的零件，所有的零件都在最恰當最重要的位置上，這使得它的運作能夠非常的……」

說到一半，羅格朗先生不得不停了下來，因為菲莉亞滿臉迷茫，一臉「雖然完全聽不懂但好像很厲害的樣子@-@」的表情。

他也知道自己有時候興奮起來會對周遭的氣氛和他人的情感有所忽視，羅格朗先生一時手足無措，不知道如何接下去才好。

發現父親的尷尬後，馬丁適時褪下沾滿黑色機油的手套，伸手摸了摸菲莉亞的頭，淺笑道：「總之，矮人的武器是非常先進的東西，我們關於矮人機械的理論不太完善，還複製不出來。我和爸爸試著將所有的部件都一模一樣做了一套，組裝一遍，但還是不盡人意。我們好像缺乏非常關鍵的資料和理論……唔，我們也找了國王陛下抓到的矮人俘虜，但是沒有問出來。」

要從矮人嘴裡撬出話來是非常困難的，這個種族的固執程度超乎人類想像。而且，越是強硬的對待對方，矮人們越是會產生逆反心理，一個字都不吐出來，尤其是在關乎矮人視為性命一般的技術方面，這是他們絕對不會向外界透露的機密。或許尚且有人能從矮人嘴裡摳出關於他們國家政治的秘密，但想讓矮人說出關於自身機械技術的哪怕一個小小的環節，都是絕對不可能的。

而且，為了防止有意志不堅定的矮人為了自己而出賣集體的利益，在軍械的生產上，只有設計出那個機械的設計者本人知道完整的製造方式。其他的矮人都只能負責生產或拼裝軍事機械的一小部分，無法生產出一架完整的戰鬥機器。

這些都是菲莉亞從艾斯抓來的矮人俘虜那裡知道的，不過因為在矮人身上耗費的時間精力和能從他們身上弄到的訊息實在不成正比，魔族那裡已經放棄拷問或威逼利誘矮人了，只把他們關在俘虜監獄裡，等待恰當時機換取己方的俘虜。

猶豫了一會兒，菲莉亞還是開口道：「那個……爸爸、哥哥，你們不準備離開王城嗎？

如果你們願意的話，可以暫時住到冰城的城堡裡來，我們那裡有很多空的房間……」

矮人的鋼鐵之城已經抵達王國之心的入口了，離王城實在很近，而且海波里恩到現在都還沒有找到有效的抵抗手段，人民們都十分惶恐，這點從大量人口流動到西方高原和風刃地區就看得出來，甚至因為海波里恩和艾斯在和平期的關係，不少人乾脆開始想方設法越境。

的確，就目前的情況來看，艾斯比王國之心要來得穩定安全得多，菲莉亞的建議完全是為家人著想。

但羅格朗先生搖了搖頭，「我們重要的工作室和資料都在這裡，短時間內不可能搬到其他地方。而且只有留在王城，我們的實驗成功後，技術才能第一時間被使用。如果到冰城去的話，來回運輸又要麻煩魔族，耽誤重要的時間。不過，還是謝謝妳的好意，菲莉亞。」

羅格朗先生的聲音很沉穩、很平靜，顯然他並不是第一次考慮這個問題，只是早就有了決定而已。

馬丁依然保持著微笑，很冷靜的樣子，一點都不像是處在戰爭旋風的邊緣。他也對菲莉亞說道：「妳不用太擔心，菲莉亞。王國之心是全國軍力最充足的地方，愛德華三世陛下也還死守在城堡中，一時半會兒不可能淪陷的。」

菲莉亞有點著急，她並不是完全不清楚這裡的情況，焦急道：「可是……商行裡不少機械師也已經去西方高原避難了吧？」

馬丁又笑了笑。

老實說，情況比菲莉亞說得還要再糟糕一點。其實大部分機械師都已經離開了，只剩下幾個暫時沒有條件離開或者出於信念堅守的同事。麥克是馬丁在工作室裡關係最好的夥伴，但他也已經隨家人出發前往西邊避難了，臨走之前，麥克還勸了馬丁很久，希望他能一起離開，逃往安全的地方。

眼下，羅格朗家的矮人機械工作室基本上完全癱瘓，所以馬丁和羅格朗先生才會一直在家裡工作。剩下的幾個機械師偶爾在家裡，偶爾會直接到羅格朗先生這裡一起做研究，想要住下來的話就自己整理客房。

對於菲莉亞的問題，馬丁緩緩答道：「就是因為這樣我們才更不能走。若不能滲透矮人那些戰鬥兵器的秘密，我們沒有辦法跟他們硬耗。機械可以二十四小時隨時隨地大量生產，一生產完成就能立刻投入使用，但是人不行，人的成長是需要時機和培養的。所以我們希望能夠盡量做到和矮人站在同等的平臺上。」

他頓了頓，眉頭微蹙，面露難色，「而且，我能感覺到我們只差一點點欠缺的理論就能複製出矮人的戰鬥機械了，只要找到突破口的話，應該很快就能實現目標。妳不用太擔心，菲莉亞。唔……像我這樣不怎麼瞭解戰場的人，目前能做的，也只有這些了。」

馬丁抬起手看了看自己由於最近長時間的工作、難免有些擦傷且變得粗糙的手。他張合了一下五指，一直維持同一個姿勢捏著工具操作的關係，手指似乎有點僵硬了，同時他最近也開始覺得眼睛有些看不清楚，不知道是因為熬夜頭暈還是因為眼睛疲憊。

不過，這倒也不完全算是壞事，至少他變得更瞭解瑪格麗特眼中的世界了。

想到瑪格麗特，馬丁的眼神不禁變得溫柔了一些。

戰爭期間，大部分有經驗、有名望的將領都去了前線，但同時，不能沒有人留下來維護國王和王城的安全。於是在安娜貝爾和約克森女士都暫時不在的情況下，瑪格麗特和一批年輕人一起組織成了一支臨時的皇家護衛隊，在皇宮裡輪班保護王室和王城邊境的安全。

瑪格麗特有幾次負責保護三王子理查，重新見面，兩個人都顯得十分尷尬的樣子，據說三王子不停想要搭話緩解一下氣氛，但是瑪格麗特始終面無表情的站著。對瑪格麗特來說，這無疑已經是她表明自己「並不在意」的、用來舒緩尷尬的方法了，但理查王子顯然無法理解，於是氣氛變得更糟糕了……

總之，最後在理查王子自己提了幾次申請後，瑪格麗特便再也沒有排到過他的班。

對馬丁來說，這倒是讓他鬆了口氣，雖然他很清楚瑪格麗特和理查之間什麼都沒有，但畢竟是個曾經看起來很強大的情敵。對於自己所愛之人的追求者，就算是馬丁也不可能完全不在意的。

老實說，有瑪格麗特在，父母也沒有離開。馬丁並沒有覺得狀況很糟糕，甚至漸漸習慣了戰爭的氣氛。

不過，他說那番話本意是想要安撫一下菲莉亞的，只是從她的表情來看，似乎沒有起到什麼效果的樣子。馬丁感到有些無奈，又勸道：「妳真的不用擔心，菲莉亞。我們只差一點點了，只是一、兩個小關節。」

羅格朗先生贊同馬丁的點了點頭，只是他不太會說話，語氣裡有些遲疑，聽起來不太篤定：「的確只差一點點了，我們在最後這一點細節上已經研究了很長時間。唔……雖然目前還沒有頭緒，但我想應該馬上就有成績的。」

菲莉亞不可能聽不出來父親和哥哥是在試圖安慰她。既然是研究了很長時間還沒有找到突破口，想來也不是那麼容易的事。從他們之前的話來看，似乎是理論上有一些問題……

人類在矮人機械的研究上的確一直以來都缺乏基礎的理論，這是從他們開始重視矮人遺跡的挖掘後就沒有解決的問題。

以前是因為矮人滅絕後資料不足，現在就算矮人回來了，也無法從他們口中得到有用的資訊。

——有沒有……什麼別的辦法……

忽然，菲莉亞腦內浮現出了她唯一知道的那個矮人的名字。

▶◇◀◎▶◇◀

「歐文，我想去一趟魔法師之塔。」

回到艾斯之後，菲莉亞直奔歐文的辦公室，對歐文如此說道。

儘管風刃地區穩定以後，魔族身上的壓力減輕了很多，但歐文仍然很忙，常常被埋在一堆文件當中。聽見菲莉亞的聲音，他才抬起頭。

「魔法師之塔？」歐文皺著眉頭按了按眉心，好像還沒反應過來菲莉亞在說什麼，「妳是想去確認一下逃難的人嗎？」

害怕戰爭而逃難的普通民眾湧入西方高原之後，魔法師之塔自然不再單單是魔法師們神聖的地盤了，大量無家可歸的人類將那裡作為庇護所，幾乎要將整個塔都塞滿。

菲莉亞搖了搖頭，「我想去找普林……我覺得她可能在那裡。」

「普林？」歐文再次皺起眉頭，想了好一會兒才記起對方是誰的樣子，「那個行跡可疑的矮人？」

他頓了頓，「妳怎麼會覺得她在魔法師之塔？」

老實說，菲莉亞對自己的判斷並不確定，她一向不是擅長策略推理的類型。

不過，矮人是從東邊的流月地區靠岸的，而菲莉亞第一次碰到普林是在冰城，第二次則在艾斯最西端的地區，這說明普林一直在從東往西活動。而且普林說她只是「路過艾斯」，這表示普林的目標還是海波里恩的土地。

比艾斯西部更西邊的地方，就是海波里恩的西方高原。再結合伊斯梅爾所說的「矮人不會和普林重名」這一資訊判斷，萬一這個名為普林的老太太真是那個傳說中的普林的話……

儘管菲莉亞不知道普林是怎麼活過這麼多年的，但若兩個普林確實是同一個矮人的話，那麼她前往魔法師之塔的可能性就很高。畢竟那是當年傑克．格林和普林一起建造的地方，據說兩人一起在塔裡生活數十年，對普林來說，那肯定有特別的意義。

當然，菲莉亞亦不清楚普林若去魔法師之塔是想做什麼，說不定是拿回數萬年前落在那裡的東西，說不定傑克．格林可能也還活著，或者還有什麼她很難想到的原因……當然，這些原因菲莉亞並不關心，也沒有時間在這種無意義的瑣事上浪費時間，她只是想要試試看能不能從普林口中得到關於矮人機械的基礎理論。

她是菲莉亞唯一認識的矮人，而且既然普林說自己是和平派，那麼想來從她口中得到資訊，應該比從戰俘那裡得到要容易得多。

——哪怕只能弄到一點點新鮮的東西也好，也許爸爸和哥哥差的就是那一點呢？

——唔，至於普林根本不在魔法師之塔那種情況的話……

——那、那就不在唄，只能相信爸爸和哥哥了。_(:3」∠)_

在腦海中理清思路後，菲莉亞將自己的想法告訴了歐文，並且說了她想要從矮人口中得到一些有用的資訊來幫助羅格朗先生和馬丁的念頭，然後忐忑的等待著歐文的看法。

歐文沉吟了一會兒，說道：「矮人是很麻煩的生物……戰俘那裡都問不出來，想從普林那裡得到技術有關的事，恐怕也很難吧……」

「可是，如果她真的是和傑克．格林一起旅行的那個普林的話，說不定會對人類比較親切呢？」

菲莉亞懷抱著些許期望，除了普林以外，的確沒有矮人和人類有過密切的交集，從各種方面來說，她都是開創了許多例外的特殊的矮人，所以菲莉亞也希望這一次能夠從她那裡再破一個矮人的例。

歐文想了想，站了起來。

菲莉亞還在原地發愣，等歐文過來熟練的把她裹進自己的斗篷裡，她都還沒明白怎麼回事，只顧著問：「你要做什麼？」

「去魔法師之塔啊。」歐文不明所以道：「不是妳提出來的嗎？」

菲莉亞：Σ(っ°Д°;)っ可是我的本意是直接找女僕或者士兵送我去啊！你作為魔王不是很忙嗎？！

看著菲莉亞既吃驚又有點呆呆的模樣，歐文默默移開視線，掩飾自己略微有幾分發熱的臉頰。

咳，除了「菲莉亞單獨一個人去很讓人擔心」這樣的正常理由外，他絕對不是想找藉口偷懶。

唔……其實兩個人一起移動的話只需要手牽手就好了，他之所以總是把菲莉亞裹進斗篷裡也絕對不是因為這樣靠得比較近、接觸面積比較大，而是總覺得菲莉亞從他的斗篷裡冒出頭的樣子很可愛……

自從戰爭開打而繁忙後，他想找出和菲莉亞一起親密的時間也變得越來越難了。

歐文深深嘆了口氣。

然後，沒等菲莉亞發完呆，兩個人已經站在了魔法師之塔外面。

▶◇◀◎▶◇◀

剛剛到魔法師之塔，菲莉亞就被如今米斯特里峰的狀況嚇了一跳——放眼望去到處都是密密麻麻的人，還有隨處可見到處亂紮的帳篷。

雖然早就知道由於大量外地居民湧入，西方高原的房價和旅店價格已經被哄抬到可怕的高度，大多數人都無法住進常規的房子裡，可是現實景象的誇張程度仍然足夠讓菲莉亞大吃一驚。

大部分人看起來和魔法師一點關係都沒有，而且他們的外表多半比較狼狽，大多身材消瘦、臉色蠟黃。除此之外，魔族的人數也比菲莉亞畢業實習時來西方高原的時候更多了，大概是因為兩國關係得到改善、更多魔族能堂堂正正的進入魔法師聖地。當然，說不定也有魔族是選擇來避難的。

歐文並沒有引起周圍魔族的注意，菲莉亞現在多少對魔族有些瞭解了，知道他們能通過感知魔力的波動和強弱來判斷情緒和地位。歐文目前很低調，且沒有被其他魔族發現，應該是他刻意收斂了魔力的結果。

繞開駐紮在魔法師之塔門口的人們，菲莉亞和歐文並排進入塔內。塔內的情況比外面好不了多少，魔法師之塔的管理員似乎已經不見了，不少明顯不是魔法師的流浪者躺在各種各樣的地方，一樓門口交流區的沙發全部被占滿，以前菲莉亞來時那種略帶清高的學術氣氛已經蕩然無存。

——看來必須要更努力找到制止戰爭的方法，讓大家都回到自己的家園去才行。

菲莉亞嘆了口氣，開始在四周打量起來。

待在魔法師之塔裡頭的人比之前更多了，挨挨擠擠的，要找到普林大概很困難。

菲莉亞做了個深呼吸，努力使自己平靜下來，然後看向歐文，「只能一層一層找了……歐文，你要是忙的話先回去吧，我可以在這裡住幾天，等到時候找個女僕來接我就好。」

歐文的工作很多，讓他一直在這裡陪她做著不知道會不會有結果的事，菲莉亞實在過意不去。

「我陪妳一起找吧。」歐文摟住了她的肩膀，頓了幾秒，又道：「我們直接去頂樓。」

老實說，歐文對傳說中的矮人並不是完全沒有好奇。

如果建造這座塔的矮人真的還活著，並且在經過那麼多個世紀後依然努力要回來的話，歐文相信她肯定會堅持爬到頂的，說不定還會將她所有的過往痕跡都重新打量一遍。

這種老年人的懷舊心態很難改變。

然而，作為一個行動不便又極其年邁的老人，想必爬到魔法師之塔的頂樓肯定已經竭盡了全力，她不會想要再下來的。

大部分喜歡在頂樓觀星的魔法師尚且沒有毅力和勇氣從樓上輕易走下來，更何況是個無法從魔法中得到任何便利的矮人老者。

菲莉亞對於從頂樓開始找尋沒有意見，畢竟一層層開始搜索的話，下樓也比上樓要省力許多。於是歐文拉著菲莉亞，輸出一點魔力後，他們直接到了魔法師之塔的頂層。

相較樓下而言，樓上要冷清許多，而且大部分都是在觀星的魔法師。大概是因為普通的流民也不願意走上來的關係，畢竟在塔頂的話，基礎的衣食住行都非常不方便。

另外，窩在頂層的魔族較多，想來和他們沒有爬樓梯的煩惱有關吧。

魔法師之塔的頂樓很漂亮，離塔頂很近。頂樓的天花板上繪滿了星座圖，且這些星座圖會隨著季節變化輪轉，就像真正的星空一樣，據說這也是傑克．格林留下來的遺跡之一，是直到如今都令人驚嘆不已的高深魔法。

最後五層的走廊最邊上是沒有牆、只有圍欄的，身體可以輕鬆的探出去，觀星的魔法師們在觀星時，會將真實的星空和天花板上繪製的標準星座圖進行對比，從而得出最符合星象的結論。

菲莉亞在畢業實習時對魔法師之塔已經很熟了，但頂層就連她也極少來。不過每次看到這幅景象，菲莉亞都能發自內心的感覺到魔法領域的神秘和震撼。

她一邊打量頂樓的場景，一邊繞著這一層的走廊走了一圈。魔法師之塔每層的面積是越往上越小的，第五十層並不大，不一會兒就走完了。

很遺憾，沒有看到類似普林的人。

和歐文會合後，歐文也搖了搖頭。

「我沒有看到類似的人，按照妳的說法的話，對方應該很顯眼才對。」

她的個子和菲莉亞差不多，但還要再略矮一些；腳是木頭做的，行動起來稍微有些怪異；穿深色長袍，戴著兜帽，乍一看是魔法師，再加上極其年邁和滿嘴的白鬍子……

這麼具有標誌性的特徵，沒道理看見還會遺漏的。

沒想到對方竟然不在最高的地方，歐文略有幾分超乎意料的感覺。不過……即使腿腳不好，上下幾層的力氣應該也還是有的。

他嘆了口氣，「那我們繼續往樓下一層去——」

然而，歐文的話還沒有說完，便看見菲莉亞忽然瞪大了眼睛。

「你們在找誰？」

他身後傳來一道沙啞的聲音。

歐文下意識回頭，愕然對上一張老得有些可怕的臉。

不得不說，即使菲莉亞之前有過描述，他也認出了對方，但猛一看見還是被嚇了一跳。

這個老人大部分臉都被兜帽的陰影遮擋，只露出滿嘴肆意生長的狂野白鬍子和一隻陰森森的空洞綠眼，裸露在外的皮膚全都是一層一層粗糙的褶皺。她一身黑袍，身材乾癟枯瘦，只有肩膀異常寬大，比例極不協調。再加上警惕審視的神情與違和感很強的動作，即使是白天，這副長相仍然讓歐文後背一涼。

——菲莉亞碰到這個老人這麼多次，她的重點竟然不是對方長得很可怕！

歐文被菲莉亞的膽大震驚了，為了不輸給妻子，他下意識挺直了腰板。

當然，其實菲莉亞也是覺得普林的外表有些嚇人的，只不過她認為這麼直白的評價別人的長相很不禮貌，所以沒有說出來而已。

畢竟普林是活了不知道多少年的人了，不能指望她老人家還能多麼美貌。再說，矮人的審美和人類、魔族都相去甚遠，不是輕易就能評價的。

「妳就是普林嗎？」歐文非常自然的將菲莉亞擋在身後，看向眼前的矮人問道：「魔法創始人傑克·格林的……同伴？」

歐文說話的時候，眼睛一直死死盯著普林，想要從她的表情中得到一些語言沒有透露的資訊。然而，他很快就失望了，普林的臉就像石膏塑成的雕版一樣，僵硬到毫無生氣，什麼情緒都看不出來。

普林沉默了一會兒，說道：「上樓再說吧。」

——上樓？

歐文和菲莉亞皆是一愣，這裡已經是魔法師之塔的最上面一層了。兩人對視一眼，不知道接下來要怎麼辦，可是普林沒有理會他們，自顧自的背對著他們走了。菲莉亞和歐文只得跟上去。

最上面一層的魔法師並不多，且多半在觀星。縱使如此，菲莉亞仍然隱隱感到奇怪。以普林的長相，只是一、兩天的話，或許問題還不大，可她只要長期住在這裡，不可能不被注意到。但塔頂的所有人卻在他們經過時沒有一點反應，就像普林、她和歐文根本不存在一樣。

「很奇怪嗎？」彷彿能聽到菲莉亞心底的疑惑，普林忽然沙啞的開口：「這裡可是魔法師之塔，沒有什麼事是魔法做不到的。我雖然不是魔法師，但我知道這座塔裡存在著什麼樣的魔法。」

這算是間接承認她的確就是傑克．格林的搭檔矮人普林了。

菲莉亞聽到這些話，一方面為自己沒有猜錯鬆了口氣，一方面又為面對一位只活在傳說中的人物而感到忐忑。

她感到歐文放在她腰上的手緊了緊。

普林帶著他們走到這一層走廊的盡頭。五十層已經是最高一層了，沒有樓梯可以繼續往上延伸。

當著菲莉亞和歐文的面，普林將手指放在樓梯的護欄上，稍微摩擦了幾下。接著，菲莉亞便看見天花板上開了一個方形的、黑洞洞的口子，同時，一段梯子從口子裡放了下來。

這動靜並不小，菲莉亞飛快的朝四邊看了看。

只見魔法師們仍然在各幹各的事，誰都沒有注意到這裡。甚至有個魔法師抬起頭來在周圍掃了一圈，菲莉亞很確定他們和這段梯子都在他的視線範圍內，可對方卻仍然沒有察覺到異常。

看來，正如普林說的，這裡的確有魔法在起作用，那個不知是什麼的魔法，將他們所在之處和其他人完全隔絕開來，成為一處神秘之所。

菲莉亞抬頭看了眼歐文，卻見歐文神情凝重，這說明他並不理解這種魔法。

想到這是連魔王都無法滲透的魔法，菲莉亞心中暗驚。不過想想也對，如果他們早就知道光使用魔法便能讓旁人看不到自己的話，魔族和勇者之間的鬥爭恐怕早已發展出了新的鬥智鬥勇方式。

這個時候，普林已經雙手抓住了掉下來的梯子。她用那隻綠瑩瑩的眼睛掃了眼兩人，說道：「你們也抓住梯子。」

菲莉亞猶豫幾秒，還是與歐文一同伸手抓住梯子，梯子隨即升上去，開啟的天花板重新合上。她在新的一塊平臺上站穩，然後意識到自己正站在魔法師之塔的第五十一層上。

從來沒有人聽說過的第五十一層。

歐文打量一下四周，皺了皺眉頭，「這裡竟然還有個閣樓？」

第五十一層比起其他樓層，面積相當小，只有一個房間那麼大。不過，普林好像已經打掃過了，周圍很乾淨，也很空曠，角落裡整齊的擺放著普林少得可憐的家當和行李，另一邊的地上鋪著被子就算床了。

「不。」普林說，「這裡，以前才是用來觀星的地方。」

說著，她緩緩走到牆邊，在平坦的牆上摸索了一會兒，不知觸及了什麼機關，塔尖竟然就像開花時的花瓣一樣向各個方向裂開，露出天空。

不過，普林只是示範一下而已。

現在還是白天，魔法師之塔位於高原上，他們又在鮮為人知的頂層，光照比尋常強烈許多，她的假眼不能承受這麼強的光照刺激，於是馬上又把塔尖關上了。老實說，當初選擇繞路從艾斯進入西方高原，也有她的眼睛不能接受太強烈光照的原因。

「機關是我以前造的，塔裡的魔法是傑克設置的。我們在這裡住了很久。」普林的語氣柔和下來，頗為懷念的說著，「那傢伙……一旦開始看星星就停不下來，所以他找到了觀星最好的位置。由於他的關係，我是矮人裡唯一一個能記下所有星座的人。」

矮人不擅長也不喜歡觀察自然，相較而言，他們更擅長改造自然。這可能就是矮人跟溫和的精靈族合不來的原因。

「這麼說，傳說中的那個矮人的確是妳了。」歐文說道，「真令人吃驚……我沒有冒犯的意思，不過……妳竟然活到現在。」

「是有代價的。」普林淡淡道，「我身上還屬於自己的東西，就只剩下鬍子和左手。一隻眼睛裝了假眼，另一個眼窩萎縮得太嚴重，連假眼都裝不上了。」

她停頓了一會兒，「幸好，我想我應該馬上就會死了……到頭來，這麼多年的等待一點意義都沒有。」

普林並不想解釋她是怎麼想盡辦法把自己凍起來活到現在的，這些事解釋起來很麻煩而且沒有意義，她甚至連說話都覺得吃力。老實說，她也不太清楚自己為什麼會將兩個年輕的異族帶到這裡來，可能是死之前太寂寞了。

不想就這個話題繼續說下去，普林強行改變話題走向，說道：「所以，你們的確是來找我的了。」

「嗯，沒錯。」歐文點頭，「我就直說了，我們希望從妳這裡得到關於矮人的資訊。」

關於歐文的意圖，普林一點都不意外，她也想不出魔王和魔后跑到這裡來找人還能有什麼理由。

她語氣平淡的說道：「我醒來也沒有多久，現在年輕人的事並不太懂。不過，他們使用的戰鬥機械都有很強的抗魔法能力，奇蹟大陸則完全無法用魔法攻擊。矮人不喜歡人類，而且很固執，對矮人越是強硬，他們的反抗就越激烈，所以不用浪費時間拷問。另外，矮人的政治結構很複雜，你們要是有辦法潛進奇蹟大陸的話，殺掉矮人國王或者把長老會人數變成偶數，都能爭取到很長的喘息時間。」

歐文：……雖然有一些已經知道了，但妳說得這麼乾脆真的好嗎？說好的矮人很團結很固執呢？話說她剛才還提出了殺掉矮人國王或者長老會這種聽上去可行性很強的建議，這個矮人真的沒問題嗎？不會是圈套吧？

歐文感到一些不真實。

菲莉亞也被普林輕輕鬆鬆就把矮人賣了的情況驚呆了。當然，某種意義上也證明他們來找普林確實沒找錯。

既然這樣的話……

「那個……請問妳能給我們一些和矮人機械有關的理論方面的資料嗎？」菲莉亞嚥了口口水，小心翼翼的問。

矮人機械一向是矮人的雷區，即使普林的爽快增加了菲莉亞詢問的勇氣，可這個問題仍然讓她心跳加快。

普林一怔。

老實說，自從認識傑克．格林以後，她一向對自己的矮人身分沒有認同感，再加上她快要死了，更沒有什麼可在意的。

她一直不想當矮人，也不再喜歡生活在同伴之中，她和傑克．格林兩個人在當時幾乎沒有人居住的西方高原建築了屬於自己的高塔。

在普林看來，這同樣是他們的理想家園，是漫長而疲憊的旅行後最終能讓心靈休憩的地方。那個時候，這裡只有他們兩個人，這讓普林產生了她不是矮人，而是和傑克·格林一樣的人類的錯覺，這樣的錯覺令她滿足。

然而這一刻，普林卻發現矮人的血液和天性依舊頑強的存在於她的身體之中，當菲莉亞問及矮人機械的時候，她感覺到自己的內心深處湧現出強烈的抗拒和憤怒，幾乎下意識的就要說「不行」，並且將菲莉亞趕出去。

她果然還是矮人。

普林長長的嘆了口氣，冷靜下來。

「可以。」她說，「但是，你們也需要為我做一件事來作為交換。」

歐文下意識皺了皺眉頭，警惕的問道：「請問，妳需要我們做的事是什麼？」

要矮人貢獻出他們最重要的秘密，想必要付出等值的代價，不管是菲莉亞還是歐文，對他們即將面對的答案都感到了一些緊張。

普林停頓了很長一段時間，許久，她才緩慢而沙啞的開口——

「我需要你們做的事是……」

第十章 非常感謝你出現在我身邊

和矮人普林碰面的幾天後，在羅格朗先生和馬丁都相當吃驚的情況下，菲莉亞將矮人機械理論的書籍交給他們。

據普林說，這些是當年她住在魔法師之塔時，自己琢磨出來的筆記，以現在的矮人眼光來看，是相當原始粗淺的內容，雖然大方向沒錯，但仍有不少錯誤，人類的機械師能不能看出來這些錯誤，就不是她想管的範圍了。

不過，有這些資訊總比什麼都沒有憑空摸索來得好，而且普林畢竟是改變過矮人機械走向的大機械師，她的筆記還是具有跨時代意義的，是如今矮人機械的奠基之作……雖然時代的確遠了點。

羅格朗先生和馬丁拚命鑽研這些筆記，用它們來填補自己知識上的空缺花了很長一段時間，哪怕他們的確已經爭分奪秒，卻仍然花了大半年的光陰。

普林是第一個將魔法和機械聯繫在一起的矮人機械師，她能做到這種匪夷所思的事，是因為她和參透魔法的傑克．格林是關係極其不一般的朋友。

傑克．格林解開了魔法的奧秘，他將魔法的原理一點一點細緻的告訴普林。儘管普林由於生理上的限制，始終無法使用魔法，但她想辦法在機械上附著魔法的元素。

比如說矮人製造的那些可以自己行動的戰鬥人偶，它們身上有將自然中的魔法元素轉化為能量的設備，得到能量後，人偶就可以按照矮人預先在內部設定好的機械規則開始活動。而非自動的戰鬥人偶中，也有類似的東西來減少操作者操作的難度和過度的消耗，否則矮人單憑自身的體質是無法自由操控的。

就某種意義上而言，魔族製造的用魔力驅動的人偶和矮人機械使用的能量是一樣的。然而羅格朗先生和馬丁都不是魔法師，對於普林筆記上的很多內容都無法理解，即使羅格朗先生特意請求愛德華三世借他們幾位魔法師作為協助，還有女婿家的魔族們幫忙，仍然走了不少彎路。

幸好一年之後，馬丁終於攻破難點，做出了第一臺可以將自然中的魔法轉化為能量的裝置。將它裝到模仿矮人戰鬥人偶的機械上後，這樣非魔法師也能操作戰鬥機械的計畫終於實現了。

馬丁．羅格朗的名字在一夜之間傳遍整片大陸。當然，一起傳遍的還有和王國之花瑪格麗特的八卦……

為了能夠儘快結束戰爭，羅格朗先生的商行公開他們的研究和普林的筆記，一時間國內對於矮人機械的生產研究火爆異常。

技術革新日新月異，自動戰鬥機械實驗成功，魔族粗糙的戰鬥人偶得到了改良，各種各樣的產品很快就投入實踐之中。

人類的數量龐大，且戰爭前期大量流民離鄉背井、流離失所，失去原本工作的難民為機械生產提供了龐大的勞動力，魔族提供的便利交通則為遠距離運輸帶來了更多可能性。機械工廠如雨後春筍般在尚未淪陷的王國之心和西方高原建立起來，大量人類生產的戰鬥機械湧入戰場，戰局終於發生重大逆轉。

幾個月後，戰線終於從長期僵持的王國之心邊界，壓回流月地區的海岸線。

儘管大勢已去，可固執的矮人卻堅決不肯投降，死守著他們最後的奇蹟大陸的邊防。奇蹟大陸內的所有矮人持續瘋狂生產著戰鬥機械，哪怕無法再往大陸內進軍，卻仍然不斷派出戰鬥人偶掙扎。

經過這麼長時間的戰爭，海波里恩早已傷痕累累，無論是皇室還是普通民眾都不想繼續打下去。可是矮人國王無論如何都不肯簽訂和平條約，按照慣例被提交給長老會的關於「是否投降」的提案最終也以四票對三票的優勢被否決，似乎對於大部分矮人來說，尚未全敗就認輸是絕對不能接受的恥辱。

於是，愛德華三世下達了要以最快速度攻陷矮人奇蹟大陸的指令。

然而，奇蹟大陸的邊防異常頑固。

正如普林之前所說，奇蹟大陸實現了完全抗魔，魔法師無用武之地。同時，以矮人的生產速度，這麼小的範圍完全能靠機械人偶守住。

近戰部隊無法寸進，魔法師無用，靠弓箭手的遠端部隊對鋼鐵之城所造成的傷害簡直可以忽略不計，在南淖灣、風刃地區和流月地區西部開始漸漸恢復建設的情況下，戰局卻再次陷入僵局。

不過，突破口很快出現了。

弓箭對堅固的奇蹟大陸沒什麼效果的情況下，士兵們開始考慮扔更重一點的東西。前幾年的某屆學院競賽之後，鐵餅作為課外鍛鍊運動大為流行，新兵們都或多或少的扔過兩、三年，且都有保存著學生時代珍貴回憶的鐵餅。

在戰爭的狀況下，青春的回憶也算不了什麼了，大家紛紛將鐵餅往奇蹟大陸上扔，在矮人之國的街道和房屋上砸出各種各樣的坑。發現效果不錯之後，士兵們彷彿打開新世界的大門，不只是鐵餅，各種重的東西都往上扔——錘子、鉛球、磚頭、報廢的戰鬥人偶……

不久後，矮人的街道上堆滿奇怪的垃圾，治安出現問題，大部分矮人們躲到了奇蹟大陸用於浮在水面上的地下空心層裡，或者搬到離人類大陸最遠的街區。

在奇蹟大陸靠近海波里恩的一方出現漏洞的情況下，一支人類的勇者隊伍悄然潛進了矮人的王國。

幾天後，名為卡斯爾．約克森的勇者，將矮人國王從奇蹟大陸裡拖了出來。

海波里恩人民振奮異常，卡斯爾的名字簡直要被拱到天上。與之相對的，則是矮人的政府完全癱瘓。

矮人中的和平派和一些只想研究機械不想打仗的矮人趁機爆發了革命，將新的矮人國王擁護上臺，同時強行更換了長老會成員，在「投降」的提案被否決的情況的下，「是否停止戰爭」的提案以四票對三票的優勢通過，於是新的矮人國王向海波里恩提出無條件休戰，並簽訂了長達五十年的和平條約。

戰爭總算結束了。

菲莉亞鬆了口氣的同時，便開始處理當時答應了普林的事。

普林在和他們碰面後不久，就安靜的死在了魔法師之塔第五十一層樓內。

歐文和伊斯梅爾用魔王等級的冰魔法封凍了普林的身體，按照她的要求移除了她身上的假肢和假眼，盡量將身體還原為原本的模樣。

這並不是一件容易的工作，畢竟普林實在太老了。魔族的魔法的確可以讓人保持外貌的年輕，但是他們對矮人的身體結構並不瞭解，因此魔法很難使用，最終只能勉強將她恢復到中年的樣貌。

戰爭結束，西方高原的流民在安排下順利回家後，魔法師之塔終於重新恢復到原本魔法師們討論魔法和星空的地方。於是，歐文從愛德華三世那裡爭得了同意，將封凍著普林的玻璃棺材長久安置在魔法師之塔的頂層。

從她最後的話裡，菲莉亞感到她似乎是想等待著什麼。因為想要等待，她從傳說的那個年代想盡辦法活到了今天，又在不得不死之後，依然想用已經沒有生機的身體在約定的地方繼續等待。

不過普林沒有說，所以菲莉亞也不知道到底是怎麼回事。

自從傳說中的矮人普林被放在米斯特里峰最高處的事傳出去之後，魔法師之塔在魔法師之中的神聖性更強了，儘管這不是普林讓他們將自己的遺體放在魔法師之塔頂層的本意。大量魔法師慕名湧入魔法師之塔，甚至還來了一些只是旅遊的圍觀群眾，一定程度上刺激了西方高原在戰爭期間高漲的房產泡沫破滅後半死不活的經濟。

然而，由於魔法師之塔的第五十一層受到機關保護，不對外開放的關係，大部分想要瞻仰一下普林的人都只能失望的回去了，而被魔法師之塔氛圍和神聖性吸引的魔法師們則留了下來。

唔，雖然據說其中也有一部分是爬上去後就下不來的……

另一方面，因為普林，魔法師之塔甚至吸引了一些矮人的來訪。他們大部分都是普林的崇拜者和擁護者。

然而，知道是普林背叛矮人，將矮人機械的秘密透露給人類的事曝光後，普林在矮人中的地位更複雜了。

一部分的矮人將普林視作恥辱，要求將她開除矮人籍，砸掉所有的普林紀念館和普林雕像，還要扔掉保存在奇蹟大陸內矮人博物館裡的普林第一次沉睡前脫落的鬍子。但依然有一部分的矮人認為今天的矮人機械本來就是在普林的基礎上發展的，她自己的筆記要怎麼處理是她的事，其他人沒有阻止的權力。

於是至此為止，普林的做法仍然在矮人中爭論不休。

如今，和平到來，但戰爭的陰影尚未褪去，沒有參與戰爭的矮人雖然能夠自由活動，卻受到海波里恩以及艾斯的居民的敵視。相對的，共同作戰、互相分享資源的魔族和人類的關係空前友好，幾乎是睡在同一條棉被裡，這一年人魔通婚率上升到了史無前例的高度。

無論誰都不可否認，這個時候，歷史已經翻開了新的一頁。

▶◇◀◎▶◇◀

轉眼，時間又過去了三年。

戰爭結束後，在戰爭期間取得重大進展的矮人機械於城市建設上發揮了新的作用，戰鬥人偶們被用於建設而不是破壞，很快的，新的城鎮在戰後廢墟上拔地而起，流亡的人民們也回歸了家鄉，如今被戰爭攪得一團亂的生活基本上都回到正軌。

按照和平協議的規定，矮人的奇蹟大陸將駛到距離人類和魔族的大陸五百公里的地方，並且以後不得隨意移動位置。而以矮人的自尊，他們不可能同意作為少數民族被納入海波里恩，愛德華三世又是個溫吞的國王，沒什麼擴張的欲望，不想為了這種事繼續折騰了，於是索性承認矮人的奇蹟大陸是除了海波里恩和艾斯以外的第三個國家，並且雙方都半不情願的建立了外交關係。

不過由於民族情緒還比較激烈的關係，兩邊暫時都沒有互相開放，哪怕投機商人、不要命的旅遊愛好者和矮人研究學者們都摩拳擦掌的準備往島上衝，也沒有什麼用。

而人類和魔族的關係，則已經完全像穿同一條褲子的孿生兄弟一樣親厚。

並肩作戰期間，海波里恩提供給艾斯的物質資源，和艾斯提供給海波里恩的魔法技術，都在彼此心中留下了難以磨滅的印象。況且，現在他們有了矮人這個共同的敵人，近在咫尺的仇恨遠比早已淡化的宗教仇恨來得深刻得多。

另外，海波里恩和艾斯的和平友好建設也在戰爭修復期順便完成了。兩國的主要城市現在隨處可見異國的人民，不管是王城出現魔族還是冰城出現人類，都不會再令人驚訝。

▶◇◀◎▶◇◀

這一天，冬波利學院分外熱鬧。此時正值暑假期間，作為一個依賴學校而建的小城鎮，本該是最冷清的時節才對，但現在卻如此反常，主要是因為這裡今天要開同學會。

跟上一次許多人在家裡吃著飯就被不明不白抓到魔王城堡見校友的情況不同，這一次同學會提前半年開始規劃，盡量協調了所有人的時間，盡可能的做到完備。不只是受到邀請的校友，許多社會上的無關人士也都異常關注這所老牌勇者名校的校友會。

最近幾年，冬波利學院名聲大噪。魔王和魔后從冬波利畢業的消息曝光不僅沒有帶來負面影響，反而在人魔蜜月期引起了轟動。這幾年冬波利的入學報名火爆很多，甚至有慕名而來的魔族學生，其中包括一些想和魔王套校友關係的魔族貴族，於是近兩年學校不得不開始研究應對留學生的規定。

而今天，聽說魔王和魔后那一屆的學生基本上都會到場，專程來冬波利小鎮蹲點的記者和圍觀群眾也不少。

要知道，冬波利學院那一屆的學生堪稱一群傳奇，混進來的魔王，以及和魔王在學校裡碰到的、後來結婚一起改變世界的真愛就不用說了，另外還有在戰爭最後關頭做出傑出貢獻的卡斯爾·約克森，和現任皇家護衛隊隊長的瑪格麗特·威廉森。

因為如今人類已經不用殺魔王了，考慮到時代的特殊性，人們同樣給解決了矮人國王的卡斯爾冠以「傳奇勇者」的稱號。

愛德華三世按照以前殺魔王才有的規格，在王城裡舉行了以卡斯爾為中心的慶典——雖然慶祝到一半主角就不見了——還想要把自己的一個公主嫁給他——然後被異常果斷的拒絕了——最後頒發了勛章給卡斯爾並且授予榮譽爵位。

不過，慶典結束後，卡斯爾就離開了王城，繼續進行勇者的生活。抽屜裡多出來的勛章和頭上多出來的爵位，對他來說似乎沒有什麼影響。目前大部分時間，卡斯爾都和尤萊亞、艾爾西一起在世界各地尋找冒險。

菲莉亞聽說他們的團隊裡新加入了一個名為佩奇的用巨刀的黑髮男孩，只是不知道為什麼她總覺得這個名字有點耳熟，卻死活想不起來。

瑪格麗特則是因為安娜貝爾和約克森女士都在戰爭中被調去統領正規軍，於是正好被抓來添上皇家護衛隊的位置。她在戰亂中主要承擔保護王城和王室的工作，又是愛德華三世看大的孩子，國王全家都對她十分信任。

當然，瑪格麗特引人注目的不只是她的職位，還有她的美貌、八卦和幾個月前剛剛舉行的婚禮。她的結婚對象是魔后的哥哥——馬丁．羅格朗。

因為這個年輕人沒有從任何正規高等學府畢業，而他妹妹和妻子卻都畢業於冬波利，所以自然而然的也被歸到冬波利的邀請名單裡。

馬丁出身南淖灣小鎮，未受勇者學校教育，從十六、七歲才開始學習矮人機械，最後卻在戰爭中力挽狂瀾的研究透了普林的筆記，這種傳奇性的人生激勵了許多處於困境中的迷茫青年，馬丁幾乎成了勵志的代名詞。

對於這種評價，始終覺得自己沒做什麼事，只是運氣比較好的馬丁感到稍微有些困擾，然後……在陪妻子參加同學會卻被圍起來後，他就更困擾了。

然而，圍住馬丁之後，本以為可以透過他順便見到魔王和魔后的記者們都有些納悶。雖然逮住了馬丁和瑪格麗特，可是……菲莉亞和歐文在哪裡呢？不是說他們兩個也確定會出席同學會嗎……

這個時候，菲莉亞和歐文的確正在冬波利學院的校園內。只不過，歐文此時頂著一頭淺色的金髮和一雙淺灰色的眼睛，與菲莉亞兩人混在來往的人群中，看上去彷彿只是普通的參觀者，沒有引起任何人的注意。

他們長期住在冰城，平時又極少在公眾環境裡露面，知道歐文和菲莉亞真實長相的傢伙並不多。即使是曾經的同學，在認出歐文後也猜出他們兩個並不想惹麻煩，於是都在會心一笑後離去，甚至好心的幫他們引開想要堵人的記者。

菲莉亞和歐文牽著手繞著他們曾經熟悉的學校走了一圈。

冬波利學院在戰爭中一度成為了戰場，後來為了改建，還停課過一年，翻新後的校園帶著強烈的時代感，菲莉亞注意到幾個用魔法和機械設置的方便措施，這些是她在讀書時期沒有的。

路過冬波利教學區的城堡大廳時，歐文忽然停住了腳步。他笑了笑，抬手指了指靠牆的位置，「那裡是我第一次見到妳的地方。考第二場的時候，妳的號碼在我前面一號。」

菲莉亞跟著看過去，接著記憶便如同潮水般湧來。

她當然也沒有忘記，和歐文有關的事在很多年裡都是她相當珍貴的回憶。歐文是她在學校裡認識的第一個人和第一個朋友。

剎那，菲莉亞彷彿在那個角落裡再次看見了獨自拿著號碼牌尋找自己位置的女孩，她因為不熟悉城市、不熟悉學校、不認識周圍的所有人而惴惴不安。當時她覺得自己是個被錯誤放在棋盤裡的小棋子，和這裡的一切都格格不入。然後就在她最迷茫無助的時候，過來搭話的金髮男孩溫柔的微笑和溫暖的話語，將她從迷失中撈了出來。

儘管歐文後來說他那是裝的，並且為此道了歉，但菲莉亞仍然始終對歐文那一刻不自覺的善意感到感激。

現在，歐文同樣偽裝成金髮來避免引人注目，與當時的男孩一一重合。從大堂窗戶裡洩露進來的陽光點亮他淺金色的頭髮，裡面似乎有光點在閃閃發亮。

菲莉亞正看得發呆，歐文卻一下子把頭髮變回黑色。

「……妳不要一直盯著看，我會有點不好意思。」歐文苦惱的抓了抓頭髮，其實自從知道金髮在海波里恩裡有娘娘腔的意味後，他就對自己當初選擇的顏色感覺有點微妙了，「妳要看的話，還是看本來的顏色吧。」

城堡大廳裡目前除了他們兩人之外，沒有其他人，大概是因為校友、記者和遊客都被馬丁和瑪格麗特在東教學區被抓到的消息吸引了過去，所以歐文就算把頭髮的顏色變回黑色也沒事。

看著歐文偶爾也會露出略有幾分笨拙的樣子，菲莉亞忍不住笑了起來。

——其實不管是什麼樣的外貌，歐文本來就是歐文啊！

歐文不明白菲莉亞在笑什麼，只是被她笑得有些窘迫。但菲莉亞眉眼彎彎的模樣又讓他不自覺的心底一燙。為了舒緩各種意義上的煩躁，歐文索性彎下腰吻了吻她的嘴唇，反正沒有人看到。

接著，他感覺到菲莉亞輕輕勾住了他的脖子。

心底裡的躁動如此輕易就被撫平，無須再用言語確認彼此的愛意。歐文坦然的抱住了菲莉亞。

他們已經一起經歷了很多、很長的時光，接下來還有更多、更長的時光。

菲莉亞不太清楚如果沒有遇到歐文的話，她的人生會發生什麼事，但是毫無疑問的，她現在非常幸福。

所以……

菲莉亞的嘴角不自覺的揚了揚。

——真的……非常感謝你出現在我的身邊。

《與魔族王子一起戀愛吧06相伴永遠》完

番外 很久很久以後

這是矮人戰爭結束以後很久的事。

和平年代來臨，魔王和魔后終於在萬眾矚目下有了孩子——先是王子埃文，幾年後是公主愛莉。

混血的王子和公主們都擁有黑色的頭髮、渾濁的紅眸，典型的混血兒長相，乍一看和普通魔族區別不大。另外，他們都擁有遠比一般魔族剛出生時來得強盛的魔力，儘管小公主年紀太小尚且看不太出潛力，但埃文的魔力早已隨著年齡的增長，日益強大起來，漸漸冒出將來可以繼承魔王之角的苗頭。

到了現在，埃文已經有六、七歲，他的魔力讓所有魔族大臣和不想更換魔王家族的貴族們大大鬆了口氣——大家一直擔心的混血使魔王魔力減弱的事並沒有發生，接下來只要王子不再和非魔法師的純人類結婚，想來就不會有太大的問題，即使他真的按照最糟糕的可能性結婚了，大家也還有公主這個雙保險。

當然，站在大臣的角度來說，他們巴不得魔王和魔后兩位一口氣生個五六七八個，這樣更能以防萬一。

而王子和公主都將在艾斯長大，他們每天接觸的都是魔族，總不會所有混血孩子都和純人類結婚的。

不過，對於公務繁忙的歐文和菲莉亞來說，儘管有僕人們的幫助，照顧兩個弱小的孩子已經十分吃力了，他們暫時沒有擁有更多兒女的打算。尤其是小公主愛莉，她還沒學會說話就已經學會了亂跑，能憑著直覺操縱魔法，力道又很大，實力一般的女僕根本照顧不了她，大部分時候只能由菲莉亞親自抱著。

在見識過歐文以前怎麼用魔法照顧兒子的災難性壯舉後，菲莉亞已經不太敢讓他碰女兒了。雖說在應付幼兒的魔法方面，菲莉亞也經常覺得頭痛，但她至少不會因為小孩掙扎得太厲害就把對方懸空飄在一邊。

另外，大概是由於孩子與母親之間有天然聯繫的關係，愛莉從沒對菲莉亞用過太過分的魔法，頂多就是小貓咬一口飼主的程度而已。但是她對歐文就不一定了，有時候愛莉對他出拳的力量，會讓歐文有種他的女兒正準備對他痛下殺手的錯覺。

實際上埃文小時候也是差不多的情況，正是因為照顧他太麻煩，菲莉亞和歐文才會隔了那麼久才迎來第二個孩子。

幸好埃文比一般孩子要來得早熟，現在基本上已經懂事了，他目前每天上午跟著老師學習魔法和其他課程，下午由歐文親自教導——同樣既有魔法教育也有政治上的基礎常識。除此之外，埃文還有晚上每週兩次劍術課，而除了劍術課以外的晚上時間，他一般會主動在女僕的看顧下陪妹妹玩，這令菲莉亞大大鬆了口氣，並獲得了難能可貴的休息時間。

▶◇◀◎▶◇◀

這一天是週末，艾斯人民的公休日，埃文一大早就從照顧公主的女僕那裡抱來了愛莉，算準魔王和魔后起床的時間後，便跑來敲父母房間的門。

埃文敲了幾下，就踮起腳，自己擰開門把走了進去。

菲莉亞和歐文已經起床了，正在互相整理衣服，菲莉亞吻了一下歐文的臉，歐文正要回吻，菲莉亞便聽到了開門聲，轉過頭去。

沒親到的歐文：嘖。

「媽媽。」

埃文喊了一聲，鬆開門把，抱著愛莉走進來。

愛莉也看到了菲莉亞，非常開心的樣子，在哥哥懷裡咿呀咿呀的張開雙臂要母親抱抱，埃文搖搖晃晃的費了好些力氣才免得她摔出去。

這個場景太嚇人了，菲莉亞連忙將愛莉從埃文手裡抱過來，於是愛莉很開心的摟住菲莉亞的脖子，掛在她身上，並開始玩母親披在肩頭的頭髮。

「怎麼了嗎？」菲莉亞抱好愛莉，這才看向埃文，奇怪的問。

埃文從懂事以後就是十分自立的孩子，大部分時間都按部就班的過著學習生活，不怎麼需要父母操心。雖然有時候菲莉亞會感到他心思比較敏感細膩，容易想太多，但總體來說沒什麼問題，他也極少主動到她和歐文的房間這裡來。

然而今天埃文不僅一大早就跑過來，還把愛莉也一起抱過來了，情況實屬罕見，菲莉亞不得不耐心一點。

埃文停頓了一下，才抬起頭問道：「媽媽，妳今天也休息的，對嗎？」

菲莉亞點了點頭。

休息日除非特殊情況，菲莉亞是沒有外交活動的，算是放假。

單論工作、不談照顧孩子的話，相較於全年無休的歐文，菲莉亞實際上要來得輕鬆很多——儘管她很想像前魔后那樣游刃有餘的幫助前魔王，但是魔族大臣們並不放心她一個外族染指魔族內務，他們認為菲莉亞最適合的崗位只有外交。

至於王子和公主……

埃文的家庭教師是有休息日的，那麼埃文自然也相當於休假了。而愛莉……唔，她還沒有假期的概念呢。

看到菲莉亞點頭，埃文眼前一亮，開心的問道：「那麼媽媽，妳可以陪我們一起玩，對嗎？不需要很遠，只要我們一起在城堡花園裡野餐一下就夠了……愛莉也很想去，可以嗎？媽媽？」

像是為了應證哥哥的話一般，埃文話音剛落，愛莉就手舞足蹈的咿呀咿呀起來，吐出了口水泡泡。

菲莉亞失笑，就近拿了紙巾將女兒的下巴擦乾淨，看得出來她很努力的想要說話，可惜完全不成章句。

「當然。」菲莉亞微笑道。

得到母親的應允，埃文又很期待的看向一旁的父親，問道：「爸爸，那你呢？你也會一起去的吧。」

「誒？」

歐文：「……不。我還有工作要忙，你們自己去吧。」玩好了記得把菲莉亞還給我。

埃文一愣，露出了委屈的表情：QAQ

不知是不是兄妹感應，埃文開始委屈後，愛莉也不玩菲莉亞的頭髮了，一起露出委屈的表情。

埃文：QAQ

愛莉：QAQ

歐文：「……」

望著兒女兩張要哭出來的臉，歐文頓時頭疼起來。埃文這熊孩子就算了，愛莉雖然黑髮紅眸，五官卻很像菲莉亞，感覺是菲莉亞的魔族童年版，又是年幼的女兒，她一哭歐文就有點沒辦法了。

於是歐文只好求助的看向正版的菲莉亞、自己心愛的妻子，「菲莉亞……替我……」安撫一下孩子。

然而歐文話還沒有說出口，菲莉亞想了想，一起露出失望委屈的表情。

菲莉亞：QAQ

歐文：「……」

——怎麼辦？感覺菲莉亞已經不是當初我認識的那個單純善良的菲莉亞了……

沒有任何辦法，歐文決定要選擇幸福的妥協了。

同時，他突然多少理解了伊斯梅爾當年迫切的把魔王之角扔給兒子然後和魔后私奔的想法……他現在也好想把魔王之角甩給埃文或愛莉隨便一個，然後抱著菲莉亞私奔。

可惜不行，他們兩個畢竟還太小了。

歐文嘆了口氣，道：「可以，可是公文……」

歐文正想說出「可是公文至少留一個下午讓我處理，所以野餐只能到中午結束」，埃文已經飛快擦乾了頂多一、兩分真心的眼淚，出主意道：「爸爸，你把公務文件都寄給爺爺讓他處理吧！他前段時間還跟我抱怨奶奶最近都在和朋友喝茶不理他，他好無聊，你把公務給爺爺讓他打發時間，爺爺肯定很開心的！」

歐文：「……」

他頓時不禁也產生一種「埃文好像也不是當年單純可愛的小兒子了」的感覺……當然，坦誠的說，他兒子這個主意簡直棒極了。

於是歐文將今天的公文直接用魔法丟給了在遠方隱居的前魔王，他們一家開開心心拎著女僕慌忙準備好的食籃去了花園。

▶◇◀◎▶◇◀

幾十分鐘後，歐文和菲莉亞坐在軟墊上，看著他們的兩個孩子和一塊被一起帶來的鐵餅在草地上滿地打滾。

不知道是不是愛莉對自己用了魔法，她的頭髮總是長得很快，即使剪掉也會在兩、三天內重新長出來，最後菲莉亞只好在愛莉經常把自己揪得大哭的情況下讓她留了一頭長髮。

現在愛莉從正面看是個毛茸茸的小女孩，背面看就是一團毛，蹲下來就是個毛球，和鐵餅一起玩就是一塊餅和一團毛球在互相追逐……畫面非常滑稽，菲莉亞每次看都忍不住笑。

鐵餅意外的和兩個孩子關係非常好，它大概還是適合陪伴年紀小的人，不過菲莉亞已經長大了，而現在重新有了玩伴的鐵餅看上去每天都非常開心。

事實上，從埃文出生後，鐵餅就一直有一種作為兄餅也有可能是姐餅的責任感，努力想要照顧弟弟妹妹，然而它作為鐵餅能做的事情並不多，只能盡量陪公主和王子玩樂——由於愛莉還在不知下手輕重的年紀，埃文好幾次都不得不將鐵餅從快要被妹妹捏碎的困境中解救出來。

菲莉亞正望著兩個孩子和一塊鐵餅玩鬧看得入神，所以當她忽然被歐文摟過肩膀、然後被親了一下嘴脣的時候，菲莉亞好一會兒沒反應過來，等她意識到發生了什麼的時候，她的臉下意識紅了起來。

儘管結婚已經很久了，但是他們畢竟在外面，說不定什麼時候就會有路過的大臣或者女僕，兩個孩子也在附近……

「……別這麼看著我，補上早上欠的早安吻而已。」歐文窘迫的移開視線，不敢看菲莉亞，他對自己一把年紀還跟小孩子吃醋這件事也挺羞愧的，「……我並沒有別的意思。」

「沒有別的意思」這句話連歐文自己都不信，菲莉亞當然能感覺到他情緒裡的不安定因素，於是她看兩孩一餅打鬧得正起勁，好像確實沒有注意這邊的樣子，便偷偷湊過去飛快回親了歐文一下，然後埋在他胸口，隔著衣服聽他漸漸快起來的心跳。

她太過瞭解歐文了，哪怕他已經成為魔族眼中越來越靠得住的成熟魔王，菲莉亞也依然知道他的內心深處隱藏著和孩童時期一模一樣的部分，只是平時盡量不表現出來罷了。

湊巧，這正是她最喜歡歐文的地方。

「我愛你。」菲莉亞道。

歐文趕緊將她摟住，有些慌張的回答：「我當然也……我也愛妳。」

甜蜜的氛圍瞬間湧了上來，空氣忽然變得分外安詳。

兩人依偎在一起，看著他們的孩子們在草地上跑來跑去，埃文準確接住了跑得太快險些倒在地上的妹妹，並且將她抱了起來。

忽然，歐文再次開口：「菲莉亞。」

「嗯？」

「我們乾脆把半年的公務都寄給我爸爸……哦，還有孩子也一起打包送過去那裡，然後自己放個長假吧？」

「……」

番外《很久很久以後》完

《與魔族王子一起戀愛吧》全套六集完結，全國各大書店、網路書店、租書店持續熱賣中！

ENCOUNTER MY MOZU PRINCE
與魔族王子一起戀愛吧～★
MO ZU PRINCE
NOVEL 辰冰 X ILLUST 凌夏
賀！純情魔王求婚大成功，人類少女終成愛妻～
全套六集火熱上市！
典藏閣
華文聯合出版平台 www.book4u.com.tw
采舍國際 www.silkbook.com
不思議工作室
立即搜尋
版權所有© Copyright 2018

時光收藏書屋
Time
Past
Future
依月 作
非光 繪
The Librarians
回憶之初◆今天不絕交
「書與人，也是需要緣分的。」
寧靜的古董書屋迎來
熱力十足的陽光少年，
面癱百年的店主大人要如何招架？
老闆雇我啦～我個子比你高很好拿書很好用喔！
……我不缺梯子。
典藏閣
華文聯合出版平台
www.book4u.com.tw
采舍國際
www.silkbook.com
不思議工作室_
立即搜尋
版權所有© Copyright 2018

這個魔頭有點萌
錦橙
水々
全套兩集，火熱上市！
一代魔尊被迫認賊(仙)作父？！
未婚新手爸爸親育女魔頭寶典♥
她驚悚了：「我沒爹，你不是我爹！」
他安慰她：「我救了妳，我就是妳爹。」
典藏閣
華文聯合出版平台
www.book4u.com.tw
采舍國際
www.silkbook.com
不思議工作室
立即搜尋
版權所有© Copyright 2018

創世記典Online萬聖嘉年華：
我的王者變公主?!
Novel 蒼漓 Illust touko
不惡搞，就不是創世記典Online！
打飛天女巫、打南瓜怪、打蝙蝠……
萬聖節主題活動哪能那麼平凡！於是——
遊戲官方的好心(?)成了王者與扉空的最大惡夢!!!
隨書附贈驚喜彩色拉頁！想看女裝版王者和扉空？那就買書吧！
典藏閣
華文聯合出版平台
www.book4u.com.tw
采舍國際
www.silkbook.com
不思議工作室
立即搜尋
版權所有© Copyright 2016

K.O
K.O. his ex girlfriend
他的前女友
NOVEL 龍雲意
ILLUST 非光
現任女友VS前任女友勝負大PK!!
(愛情證書)
簽下打工契約的
偽・戀愛少女
我想
解約!!!
任務──
擊敗我的
完美前女友!
Perfect ex-girlfriend
時薪
1000
「紅茶」控・
男神腹黑學長
粉紅且青春校園生活展開吧!
典藏閣
華文聯合出版平台
www.book4u.com.tw
采舍國際
www.silkbook.com
不思議工作室
立即搜尋
版權所有© Copyright 2016

novel
悅大白
illust
jond-D
喪屍愛軟妹
ZOMBIE AND HIS LOVELY FOOD. NO.02 EN
面癱系貓型男 X 天然呆軟妹紙 X 無害系犬型男
高冷傲＋暖呼呼
怦然心動＋各種糾結
我愛妳、他愛妳，妳愛誰～？
1+1+1= 3人行 !!!???
全套兩集，全國各大書店、租書店、網路書店持續熱賣中！
典藏閣
華文聯合出版平台
www.book4u.com.tw
采舍國際
www.silkbook.com
不思議工作室
立即搜尋
版權所有© Copyright 2016

飛小說系列182

與魔族王子一起戀愛吧06（完）

相伴永遠

出版者■典藏閣
作者■辰冰
繪者■凌夏
企劃編輯■多力小子
美術設計■Aloya
總編輯■歐綾纖
製作團隊■不思議工作室
郵撥帳號■50017206采舍國際有限公司（郵撥購買，請另付一成郵資）
台灣出版中心■新北市中和區中山路2段366巷10號10樓
電話■(02)2248-7896　傳真■(02)2248-7758
物流中心■新北市中和區中山路2段366巷10號3樓
電話■(02)8245-8786　傳真■(02)8245-8718
ISBN■978-986-271-843-8
出版日期■2018年12月
全球華文國際市場總代理／采舍國際
地址■新北市中和區中山路2段366巷10號3樓
電話■(02)8245-8786　傳真■(02)8245-8718
新絲路網路書店
地址■新北市中和區中山路2段366巷10號10樓
網址■www.silkbook.com
電話■(02)8245-9896
傳真■(02)8245-8819

☞**您在什麼地方購買本書？**☜

1. 便利商店（ ________市／縣）：□7-11　□全家　□萊爾富　□其他______________

2. 網路書店：□新絲路　□博客來　□金石堂　□其他____________

3. 書店（ ________市／縣）：□金石堂　□蛙蛙書店　□安利美特animate　□其他____

姓名：__________地址：____

聯絡電話：________________　電子郵箱：________________________________

您的性別：□男　□女　　您的生日：西元__________年__________月__________日

（請務必填妥基本資料，以利贈品寄送）

您的職業：□上班族　□學生　□服務業　□軍警公教　□資訊業　□娛樂相關產業

□自由業　□其他____________

您的學歷：□高中（含高中以下）　□專科、大學　□研究所以上

☞**購買前**☜

您從何處得知本書：□逛書店　□網路廣告（網站：______________）　□親友介紹

（可複選）　□出版書訊　□銷售人員推薦　□其他____________________

本書吸引您的原因：□書名很好　□封面精美　□書腰文字　□封底文字　□欣賞作家

（可複選）　□喜歡畫家　□價格合理　□題材有趣　□廣告印象深刻

□其他____________________

☞**購買後**☜

您滿意的部份：□書名　□封面　□故事內容　□版面編排　□價格　□贈品

（可複選）　□其他

不滿意的部份：□書名　□封面　□故事內容　□版面編排　□價格　□贈品

（可複選）　□其他

您對本書以及典藏閣的建議____

____

____

✌未來您是否願意收到相關書訊？□是　□否

感謝您寶貴的意見

印刷品

請貼
6元
郵票

235 新北市中和區中山路二段366巷10號10樓

華文網出版集團 收

（典藏閣－不思議工作室）

與魔族王子一起戀愛吧～

MO ZU PRINCE

NOVEL 辰冰 × ILLUST 凌夏

Episode 06 完